집으로 오는 길

집으로 오는 길

지은이 _ 윤애자

발　행 _ 2015년 8월 25일

펴낸곳 _ 수필미학사
펴낸이 _ 신중현

등록번호 _ 제25100-2013-000025호
등록일자 _ 2013. 9. 2.

대구광역시 달서구 문화회관11안길 22-1(장동)
전화 _ (053) 554-3431, 3432　팩시밀리 _ (053) 554-3433
홈페이지 _ http://www.학이사.kr
이메일 _ hes3431@naver.com

ISBN _ 979-11-85616-81-0 03810

집으로 오는 길

윤애자 수필집

수필미학사

▪ 책을 내면서

고층으로 이사 온 어느 날 밤, 이상한 불빛에 시선을 빼앗겼습니다. 동쪽 발코니를 통해 본 그것은 마치 지상과 천상을 잇는 가교 같았습니다. 인위적으로 만든 화려한 빛이 아니라 완만한 모퉁이를 돌아가듯 느리고 어룽어룽한 그 불빛이 '갓바위 가는 길'이란 걸 나중에 알았습니다. 식구들 귀가가 늦은 날이나 잠이 오지 않는 날은 그곳을 보며 서 있는 시간이 많았습니다.

지난날이 여름 한철 소나기 같다는 생각이 듭니다. 화창하다가도 순식간에 먹구름이 몰려오고 천둥 번개가 치듯, 예측 불허의 날들이었습니다. 미리 대비치 못해 온몸이 젖기도 하고 낯선 곳에서 비를 피해 서 있기도 했습니다. 금방 구름이 걷히고 해가 나와 가슴을 쓸어내린 적도 있습니다. 감정이 앞서 일희일비했던 시절이 소나기처럼 지나갔습니다. 이제는 비 그친 뒤의 신선함을 알 나이입니다. 보는 눈만 없다면 두 팔 벌려 시원하게 비를 맞아보고 싶습니다.

글쓰기는 흩어져 있던 옛 기억들을 복원하고 나를 찾아가는 일입니다. 수필을 쓰면서 담 너머 세상에 관심을 가지게 된 것도 다행스러운 일입니다. 앞으로는 세상 이야기에 귀 기울이며 폭 넓은 글쓰기를 지향할 것입니다.

올여름, 그동안 쓴 글을 모으고 정리했습니다. 한증막 같은 더위에도 내 삶을 돌아볼 수 있어 의미 있고 행복한 시간이었습니다. 치열하게 살지 못한 탓에 후회와 아쉬움도 많습니다. 여기 실린 글은 그러한 제 일상의 흔적입니다. 특히 밥하고 빨래하고 아이들을 키우며 겪은 이야기가 많아 선뜻 내놓기가 망설여집니다. 그런데도 용기를 낸 것은 이 시간을 통과해야 다음 시간이 온다는 걸 깨달았기 때문입니다.

힘이 되어 준 글벗들과, 스승님께 감사드립니다. 주부의 외출을 너그럽게 눈감아 준 가족에게 고마움을 전합니다.

이제 곧 가을이 올 것입니다.

2015년 입추에

윤 애 자

· 차 례

2부 광화문 연가

3부 외출

4부 어떤 내조

5부 가을의 기별

해설

1부

땅내

택배

아들이 서울에 있는 학교에 진학하며 당일 택배가 있다는 걸 알았다. 우체국이 문을 여는 오전 9시부터 10시까지 신청 받아 당일 저녁에 배달해 준다. 날이 저물고 식구들이 저녁 밥상에 둘러앉을 때쯤, 전화기에 '배달 완료'라는 문자가 뜨면 비로소 나도 걱정 완료가 된다.

처음 자식을 타지로 보내 놓고는 걱정이 한두 가지가 아니었다. 그중에서도 세 끼 식사가 가장 큰 문제였다. 자신 있게 손수 해 먹겠다는 말에 기본적인 취사도구를 마련해 놓고 왔지만, 마음이 놓이지 않았다. 그래봤자 사 먹거나 대충 때우는 게 다반사일 텐데 아들은 아토피 피부염까지 있다. 처음 택배를 부치던 날, 오랜만에 밥 같은 밥을 먹었다는 아들의 전화를 받고는 얼굴도 모르는 택배기사에게 감사했다.

전화로 먹고 싶은 걸 얘기하라고 했더니, 대뜸 된장찌개와 계란찜이 먹고 싶단다. 스무 살 한창 입맛에 어울리지 않게 된장찌개라니. 그 말은 곧 가족이 보고 싶고 집이 그립다는 말처럼 들려 가슴이 먹먹했다.

보낼 음식은 맛과 신선도를 생각해 될 수 있으면 새벽에 일어나 장만한다. 멸치를 우려낸 육수에 친정에서 가져온 된장을 풀고 애호박과 양파를 썰어 넣는다. 아들이 좋아하는 두부도 낙낙히 넣고, 마지막에 매운 풋고추도 한두 개 다져 넣는데 녀석이 좀 더 야무지고 단단해지기를 바라는 마음에서다. 계란찜에다 몇 가지 찬을 더해서 아이스 팩과 함께 포장한다.

선선한 아침 공기를 마시며 우체국으로 간다. 우체국 앞은 배송차량들이 시동을 걸어둔 채 배달할 물건을 싣고 있다. 마치 출발 신호를 기다리는 달리기 선수 같다. 활짝 열어 놓은 출입문으로 제복을 입은 직원의 모습이 보인다. 반갑게 고객을 맞이하는가 하면 내용물에 따라 포장 상태를 확인하기도 한다.

의외로 당일 택배를 이용하는 사람이 많다. 개인택시를 하는 부부는 수년째 단골이라고 한다. 서울에 있는 자녀와 노모에게 일주일에 한 번씩 먹을거리를 장만해서 보낸단다. 잠시 후 할머니 한

분이 들어오더니 커다란 비닐봉지와 꼬깃꼬깃 접은 쪽지를 직원에게 내민다. 봉지 속에는 갓 버무린 듯한 김치며 갖가지 반찬이 들어 있다. 직원이 포장하고 주소까지 적어서 접수해 준다.

예전에 우리 집에 오시던 친정엄마가 생각난다. 딸네 집이라고 올라치면 한 시간 거리에 버스를 두 번 갈아타야 했다. 택시는 막무가내로 싫다 하시고, 나는 연년생의 아이들 때문에 마중을 갈 수 없는 처지였다. 초인종 소리에 달려나가 보면 당신 체구는 보이지도 않을 만큼 이고 들고 서 계셨다. 보따리를 내려놓자마자 연거푸 냉수부터 들이키던 엄마를 보면 고마움보다 먼저 화가 났다.

그 시절에 비하면 지금은 너무도 빠르고 편리한 세상이다. 아침에 부치면 저녁에 도착하고 전화 한 통이면 앉아서 보내고 받는다. 그러나 아무리 세월이 흘러도 변하지 않는 건 보내는 사람의 정성일 것이다. 자식을 위해서라면 다 주고도 아쉬워 그리운 마음마저 꾹꾹 싸 보내는 어머니의 마음을 무엇에 비하리. 이제는 연로하셔 거동조차 불편하신 엄마. 그 옛날 무거운 보따리를 이고 들고 오시던 당신의 정성에 비할 수는 없지만 낯설고 외로운 객지에서 받는 택배가 자식에게 힘이 되기를 바라는 마음은 다르지 않다.

멀어질수록 그리워지는

퇴근 무렵의 신천대로는 극과 극이다.

선 하나를 사이에 두고 차들이 꼬리를 문 시내 방향과는 달리 반대편 도로는 여유롭다. 낯선 길을 가듯 백미러에 자꾸 눈이 간다. 모퉁이를 돌자 한두 대씩 따라오던 차도 보이지 않는다. 길 따라 마음마저 휑하다.

어릴 때 우리 아지트는 집에서 멀지 않은 공터였다. 그곳에는 늘 아이들의 고함과 땀내 섞인 흙먼지가 해 질 녘까지 나풀거렸다. 학교에서 돌아온 아이들이 하나둘 모이기 시작하면 공터는 한순간에 시끌벅적해졌다. 돌멩이를 주워 공기놀이하고, 고무줄놀이하다 지치면 숨바꼭질을 했다. 사이좋게 놀다가도 토닥거리고 언제 엉겨 붙어 싸워도 금방 화해했다. 지나가던 어른도 양철지붕을 받쳐 놓은 기둥에 매달리지만 않으면 그냥 지나쳤다. 개울이나 한길에 비하면 한결 마음이 놓였으리라.

중학생이 되고부터는 고무줄이나 술래잡기 같은 놀이가 시시했다. 대신 어른들 몰래 만화책을 돌려보거나 짓궂은 머슴애들을 성토하는 일로 시간을 보냈다. 숫기 없는 머슴애가 소설책 《테스》를 빌려준 곳도 어두워진 공터였다. 허리춤에 책을 감추고 뛰어오던 골목길은 아카시아 향이 났던가. 막연하게 사랑이니 운명이니 하는 말을 떠올리며 한동안 가슴에서는 양철지붕 위에 떨어지는 빗방울 같은 소리가 들렸다.

어느덧 나는 엄마가 되었고, 내 아이에게도 아지트가 생겼다. 궁금하지만 비밀스러운 열일곱 살의 아지트, 그곳에 그들의 세상이 있고 우주가 있으련만. 유달리 친구가 많은 아이는 날마다 공터로 향했다.

"치, 이사 간다고 친구가 없어지나, 학교는 어떻게 다녀."

"걱정 마, 차로 15분이면 돼. 참, 새 아파트 옆에는 예쁜 공원도 있더라."

금호강 건너로 집을 옮겨온 지 다섯 달째다. 볼멘소리하던 아이들이 다행히 적응을 잘 한다. 새벽같이 학교로 가면 밤이 늦어야 돌아오는데도 버스 노선이며 길도 제법 익혔다. 그런데 날이 갈수록 심드렁해 하는 쪽은 큰소리치던 내가 아닌가. 환경이든 사람이든 새로운 만남과 이별에 느린 편이다. 게다가 두 아이를 학교에 태워주느라 하루에도 몇 번씩 전에 살던 곳을 지나친다. 시내에 볼일이 있어 나갔다가도, 일찍 도착해 아이들을 기다릴 때도 무심코 발길이 그곳으로 향한다. 단골 약국에 들러 상비약을 사고 마트에서 장을 보고 서점과 미용실을 기웃거린다. 어쩌다 주차할 곳을 찾지 못해 전에 살던 곳에 주차하려면 의심의 눈길을 보내는 경비 아저씨에게 배신감이 드는 건 또 무슨 억지일까. 하루아침에 이방인이 된 기분이다.

북적댈수록 사람 사는 냄새가 나건만, 떠날 땐 언제고 그곳이 그리운 건 무슨 조화일까. 멀어지니 그립고 그리우니 더욱 또렷하고 애틋하다. 이웃들과 수다를 떨던 커피숍, 비 오는 날의 신천, 자주 찾지 못해 아쉬움이 남는 도서관, 아이의 동태를 알려주던 슈퍼 아저씨…. 정녕 그곳이 나의 또 다른 공터였던가.

오늘도 그곳을 지나쳐 신천대로에 오른다. 바람이 한결 시원하다. 새하얀 설경으로 이삿짐 차를 맞아주던 때가 엊그제 같은데 그새 봄이 가고 녹음이 우거졌다. 계절이라는 변화와 환경에도 묵묵히 순응하는 자연 앞에 마음이 숙연해진다. 그러고 보면 등굣길에 아이들과 함께 일출을 목격하는 벅찬 순간은 전에 누리지 못한 행복이다. 쓸쓸한 귀갓길을 반갑게 맞아 주던 태복산의 노을과 발코니를 통해 한눈에 들어오는 광활한 하늘은 내 비밀스러운 사색의 아지트이지 않은가. 언젠가는 지금 사는 이곳도 낯선 이방인처럼 서늘해질 것이고, 그리움의 대상에 포함될 것이다. 살아가는 일은 지금 이 순간과 점점 멀어지는 이별 연습이 아니겠는가.

언제 왔는지 몇 대의 차가 오른쪽 깜빡이를 넣으며 앞서간다. 반갑다. 놓칠세라 힘껏 페달을 밟는다. 지난겨울에 이사와 봄이 지나고 여름 오도록 가보지 못한 공원을 내일은 가보리라.

땅내

마당 자투리에 봄이 한창이다.

겨우내 적막한 집을 지키던 어머니의 손길도 바빠진다. 노구를 이끌고 작은 이랑을 일구어 다닥다닥 심어 놓은 고추며 푸성귀들이 제법 윤기가 난다. 키가 자라 바지랑대에 닿을 것 같은 라일락 나무도 보랏빛 꽃망울을 터뜨리는 중이다. 어버이날 오빠들이 사 온 게발선인장과 다육이, 내가 들고 간 고사 직전의 화분도 새싹을 틔우며 오종종하게 놓여 있다. 농사가 많은 이웃에 비하면 소꿉장난 같은 텃밭이지만 꽃이며 온갖 채소를 심고 돌보는 어머니가 있어 우리 육 남매의 봄날은 풍성하기만 하다.

때 이른 햇살이 강해 어머니께 전화를 했다. 한참 만에 전화를 받은 어머니는 마당에서 고추 모종에 지주를 세우는 중이라고 했다. 한낮은 피해서 하시든가 나한테 전화하지 그랬냐고 하자, 자들도 이제 땅내만 맡으면 알아서 클 거라며 걱정하지 말라고 하셨다. 어머니에게서 '땅내'라는 말을 처음 들었다. 시골에 살면서도 농사를 짓지 않았던, 어머니가 농사일을 한 기억이 없는 나로서는 그 말이 왠지 낯설었다. 설령 품삯을 받고 들일을 나가셨다고 해도 그때는 어쩔 수 없는 선택이었으므로 땅내를 맡고 할 여유가 없었을 것이다. 조금만 걸어도 숨이 가쁜 어머니가 땡볕에서 일한다는 걱정과 그 말이 중첩되어 머릿속에서 떠나지 않았다.

'땅내'라는 당신의 말이 왜 지워지지 않고 가슴이 먹먹해지는 걸까. 그것은 젊어서부터 당뇨로 고생하며 살아가는 큰오빠가 생각났기 때문이다. 사실 큰오빠에 대한 어릴 적 내 기억은 선이 굵은 몇 가지가 전부다. 그가 아버지와 세상에 대해 불만이 많았다는 것, 어머니 속을 무던히도 썩였다는 것, 그런데도 외모와 성격이 아버지를 꼭 빼닮았다는 것이다.

막내인 내가 초등학교에 입학했을 때, 그는 이미 성인이 되어 집을 떠나 있었다. 어쩌다 집에 와도 서먹하고 무서워서 근처에도 잘 가지 않았다. 비교적 무던한 다른 형제와는 달리 큰오빠는 자존심이 세고 성격이 급했다. 특히 아버지와의 불협화음은 아버지의 이유 없이 잦은 출타로 인해 가족의 생계까지 책임져야 하는 어머니를 더 힘들게 했다. 깨물어 아프지 않은 손가락 없다고, 오빠는 당신에게 있어 가장 아픈 손가락이며 땅내를 맡고도 무럭무럭 생장하지 못하는 안쓰러운 맏이였다.

다음날 친정에 들렀다. 고추 모종이 허리를 빳빳하게 세우고 서로 키 재기를 하고 있다. 어머니 말처럼 땅내를 맡았는지 상추와 쑥갓도 한 뼘이나 자라 있다. 점심상을 놓고 마주앉은 어머니가 한숨을 내쉰다. 주말마다 들르는 큰오빠와 새언니가 삼 주째 오지 않는다고 했다. 오늘은 꼭 오겠다고 했다던 오빠는 점심때를 늦춰가며 기다려도 오지 않았다. 어머니가 무얼 걱정하시는지 알면서도 나는 바쁘면 못 올 수도 있지 뭘 그러냐며 딴청을 피웠다.

어머니는 아침저녁으로 텃밭에 정성을 기울인다. 무거운 물통을 들고 수돗가와 텃밭을 오가며 벌레가 생기면 일일이 손으로 잡는다. 같은 땅에서 똑같은 바람과 태양을 받고 자란 채소도 생장과정은 각기 다르다. 더러 웃자라기도 하고 발육이 늦어지는가 하면 떡잎이 말라 고사에 이르기도 한다.

좋아질 거라던 우리의 바람과는 달리 오빠의 병세는 더 나빠지고 있다. 얼마 전부터는 이틀에 한 번씩 혈액 투석을 받고 있다. 그런 중에도 다른 합병증이 와서 식구들이 놀란 가슴을 쓸어내린다. 반드시 나아서 떳떳이 가장 노릇을 할 거라던 어머니의 바람은 이제 하나다. 절대로 자식이 부모 앞에 가서는 안 된다는 것이다.

지금도 큰오빠는 가끔 아버지를 빗대 원망 섞인 말을 한다. 자식에게 든든한 땅이 되어 주지 못해 미안해하는 어머니 앞에서 그런 말을 할 때는 미워서 대들고 싶을 때도 있었다. 하지만 이제는 덤덤하게 받아들인다. 우리는 기억조차 희미한 그때를 큰오빠만 또렷이 기억하고 있다는 것은 아버지 생전에 마음을 터놓을 기회조차 갖지 못했다는 자책과 회한일 거라고 여기기 때문이다. 오빠인들 당뇨라는 몹쓸 병에 발이 묶여 자신의 삶을 송두리째 주저앉히고 싶었을까. 처자식에게 그늘이 되어 주지 못하고 어머니에게 걱정만 끼치는 맏이로 살고 싶었을까. 그에게도 꿈꾸던 미래와 삶이 있었을 거로 생각하면 가슴이 아프다.

유월은 푸름의 계절이다. 앙상한 가지가 어떻게 저토록 푸른 잎들을 피워 올렸을까. 대지는 너른 품으로 자양분을 공급한다. 땅내를 맡고 자라는 것은 각자의 몫이다. 텃밭의 채소들은 땅을 원망하지 않는다. 자신의 힘으로 땅의 기운을 받아 자기 나름의 모습과 색깔로 열매를 맺는다. 우리 형제들도 각자 가정을 이루고 자녀들이 성장하면서 푸른 숲을 이루어간다. 그 대열에서 불안하게 서 있는 큰오빠가 오늘따라 더 안타깝다.

지난 초파일에 새언니와 함께 어머니를 모시고 절에 다녀왔다. 오는 길에 언니를 내려줄 겸 "큰아" 얼굴이라도 보고 가자는 말씀에 오빠 집에 들렀다. 차에서 내린 어머니가 지팡이도 잊은 채 휘

청휘청 앞서간다. 팔순이 넘은 노모가 칠십을 바라보는 아들을 보더니 밥은 먹었느냐 몸은 좀 어떠냐고 살피며 묻는다.

어머니의 질기고 아늑한 냄새에 코끝이 찡하다.

은규에게

그새 열흘이 지났구나. 좀 쉬었니?

질부도 고생이 많았다. 막내는 직장이 있는 거제도로 돌아갔을 테고, 은주도 문 서방과 아이들을 생각해서 하루빨리 기운을 차렸으면 해. 올봄은 유난히 비가 잦구나. 지난밤에는 바람까지 불어 이제 피기 시작한 벚꽃이며 목련을 마구 흔들어 놓았어. 아파트 입구에 낙화한 꽃잎이 선혈처럼 낭자하다. 좀 더 살아서 너희 사는 모습과 손자들 커 가는 기쁨을 함께 누렸으면 좋으련만, 어쩌겠니. 힘든 시간을 견디고 있을 너희들 생각에 숙모는 그저 가슴이 먹먹하단다.

내가 삼촌과 결혼 말이 오갈 즈음 넌 대구에서 고등학교 졸업을 앞두고 있었지. 초등학교 5학년 때 대구로 유학 왔다는 말을 들었어. 옆에 삼촌이 둘이나 있었지만, 결혼도 않은 남자들이 무얼 했겠니. 내가 좀 더 삼촌을 일찍 만났더라면 하는 생각을 했었단다. 장남인 너를 전라도에서 대구로 보내기까지, 아주버님과 형님의 심정은 짐작하고도 남을 일이다. 가난한 시골에서 태어나 뿌리를 내리고 살 수밖에 없는 삶을 대물림하고 싶지 않았을 거야. 비록 두 분의 바람과 달리 너는 고향으로 돌아갔지만 평생 흙을 일구며 체득한 올곧음과 성실함을 유전자로 물려받았으니 그보다 더 나은 가르침이 또 있을까 싶다.

은규야, 삼촌과 결혼하기 전에 봉두로 인사를 간 적이 있어. 꼭 이맘때였지. 시간이 정지된 느낌이란 게 그런 걸까. 어둠이 내리는 마을에 저녁연기가 피어오르고 있었어. 나 역시 시골에서 태어나고 자랐지만 그런 느낌은 처음이었다. 생각해 보니 무작정 좋았던 것 같아. 처음 보는 식구들도 편했고 덥석 내미는 이웃 사람들의 투박한 손길도 좋았어. 아침에 일어나 보니 산은 마을 앞 당산까지 내려와 있고 집 앞 고샅길로는 부지런히 봄이 오고 있었지. 아지랑이가 하늘거리는 들녘은 물이 올라 봉두는 그야말로 연둣빛 세상이었어.

지금은 승용차로 두어 시간이면 갈 수 있지만, 그때는 꼬박 하루가 걸리는 거리였어. 더구나 자가용이 없던 때라 일 년에 몇 번 가는 길이 여간 고역이 아니었지. 서대구 터미널에서 고속버스를 타고 순천에 도착하면 다시 시외버스를 타고 한 시간 남짓 여천으로 가야 했어. 여천에 내려서 보면 기껏 차려입은 옷과 선물꾸러미는 구겨지고 멀미 때문에 새색시 꼴은 말이 아니었어. 손 볼 새도 없는 것이 여천에서 다시 덕양으로 가는 버스를 타야 했으니까. 마지막으로 덕양에서 택시를 타고 또 이삼십 분을 가야 시집인 봉두리에 닿을 수 있었지. 우리는 덕양에 와서야 비로소 한숨을 돌릴 수 있었단다. 제사상에 올릴 정종을 사고, 장터 식육점에 들러 생고기도 사야 했지. 삼촌이 다녔던 초등학교와 중학교가 있는 곳이기도 하지. 삼촌이 갑자기 고향 사투리를 쓰기 시작하는 곳도 그곳이어서 한참 웃었던 기억이 나는구나.

장례식 날, 오열하는 네 이모를 말리며 누가 부부 금실이 너무 좋아도 탈이라고 그러더구나. 누구보다 건강했던 두 분이 약속이나 한 듯 차례로 떠나셨으니 오죽 안타까웠으면 그럴까 싶었어. 그것이 고인과 남은 우리에게 어떤 위로가 될까마는 많은 이에게 두 분은 금실 좋고 인정스러운 이웃으로 기억될 것이다.

은규야, 서울과 화순병원을 오가던 너의 효심은 지극했다. 장례식장에서도 너희 삼 남매는 침착하고 의연했어. 울지 않는 슬픔이 얼마나 큰 슬픔인지 나는 비로소 알 것 같았다. 다행이라면 두 분 생전에 너희 삼 남매가 모두 가정을 이루었으니 그보다 더 큰 효도가 있을까 싶다. 형님께서도 편히 눈을 감으셨을 것이다.

시집 때문에 시금치도 안 먹는다는 우스갯소리가 있지만 난 아니었어. 전생에 무슨 인연이나 있었던 것처럼 잘 맞았어. 무던하신 시부모님과 정이 많은 너의 부모님을 시숙과 형님으로 만났으니 말이다. 나는 삼촌이 가끔 속을 썩이면 차곡차곡 모아 두었다가 한꺼번에 시숙에게 일러바치곤 했다. 그러면 시숙께서는 앞뒤 사정을 알아보지도 않고 무조건 내 편을 들어주셨어. 내가 보는 앞에서 큰소리로 삼촌을 꾸짖어서 미안키도 하고 속이 후련하기도 했단다. 그런 두 분이 객지에서 살아가는 형제들에게는 부모이자 든든한 버팀목이었다.

은규야, 작은엄마가 시집온 지도 벌써 이십 년이 지났어. 시부모님의 초상을 치를 때가 엊그제 같건만 이제 형님마저 떠났으니 받기만 한 사랑을 어찌해야 할지 모르겠구나. 힘들겠지만 하루속히 마음을 추스르고 일상으로 돌아가길 바란다. 너희 삼 남매가 꿋꿋하고 우애 있게 지내는 모습을 두 분도 하늘에서 지켜보고 계실 것이다.

오는 열사흘이 할아버지 제삿날이구나. 서둘러 내려가마.

대구에서 작은엄마가

몸을 느끼다

언제부턴가 몸과 마음이 엇박자다. 한날한시에 출발해 놓고 갈수록 따로 논다. 몸이 앞서면 마음이 뒤처지고, 마음이 용기를 내볼라치면 몸이 따라주지 않는다.

여러 해 전 이야기지만 아이들 학교에서 체육대회를 할 때였다. 학부모 달리기 순서였는데 지원자가 없어 할 수 없이 뽑혀 나갔다. 뭉그적거리던 마음도 출발선에 서자 각오가 새로웠다. 소싯적에 좀 달렸다는 생각에 자신감도 생겼다. 하지만 거기까지였다. 마음만 앞섰지 다리가 따라주지 않아 몇 번이나 고꾸라질 뻔했다. 넘어져 망신을 당하지 않은 것만도 다행이다 싶었다.

무단히 어깨와 허리가 아파왔다. 나이려니 하면서도 건강한 친구들을 보면 꼭 그 때문만도 아닌 것 같다. 갈수록 뻣뻣한 허리는 남세스러울 지경이다. 식당에 가도 기댈 자리를 찾아 앉기에 바쁘다. 병원에서는 잘못된 자세와 운동 부족이라며 치료와 운동을 병행하라고 한다. 다른 건 몰라도 자세만큼은 바르다고 생각해 왔는데…. 뜸들이다 흐지부지된 일이 한두 가진가. 그중 하나가 운동이고 지금 그 대가를 치르고 있다고 생각하니 정신이 번쩍 들었다.

여름이 시작될 무렵 요가를 시작했다. 말랑말랑하고 부드러워지기. 그래야 물도 스미고 바람도 통하지 않겠는가. 오전 9시면 동네 헬스장으로 간다. 옷을 갈아입고 요가실로 들어서면 한 등을 낮춘 실내가 아늑하다. 요가는 겉으로 보기엔 정적인 것 같아도 막상 해보면 숨이 찰 만큼 강도가 센 운동이다. 뻣뻣한 몸으로 비틀고 휘어지자니 악 소리가 절로 나온다. 엉거주춤한 자세는 내가 봐도 가관이다. 강사가 다가와 힘을 빼고 호흡에 집중하라고 한다. 동작과 동작 사이에도 호흡을 잃지 말라고 하는데 말처럼 쉬운 일이 아니다. 오히려 놀란 근육이 방어 전선을 구축하느라 파스 뗄 날이 없다. 이마와 등줄기를 타고 내리던 땀이 바닥으로 뚝뚝 떨어진다. 운동으로 땀 흘려 본 적이 언제였나 싶다.

모전여전이라고 엄마와 나는 식성도 비슷하고 체질도 닮았다. 볕 좋은 날, 혼자 밥 먹기 싫은 날은 친정으로 간다. 마당 텃밭에서 상추며 쑥갓을 솎아 엄마표 된장에 쓱쓱 비벼 먹으니 성찬이 따로 없다. 내가 설거지를 하는 동안 엄마는 뒷정리하고 찻물을 올리는데 부엌과 마루에서 앓는 소리가 똑같다. 모녀 아니랄까 봐, 아픈 부위도 비슷해서 웃음이 나온다. 하지만 엄마는 모래바람 같은 세월을 당신 몸 하나로 버티어오지 않았는가. 엄마가 살아온 세월에 비하면 나는 거저나 다름없는 생활인데도 내 몸 하나 건사하지 못하고 걱정만 끼친다.

삶과 죽음의 경계가 호흡이니 숨만 바르게 잘 쉬어도 건강해진다고 한다. 요가도 호흡이 중요하다. 잘못된 호흡은 운동의 역효과를 가져올 뿐 아니라 몸에 틈을 만든다. 틈으로 불필요한 힘이 들어와 근육을 뭉치게 하고 혈의 흐름을 방해해 전체의 순환을 막는다. 하나의 동작을 취하기 위해서는 호흡을 바탕으로 바로 앉고 서기 등 기본적인 몸의 습관을 다시 점검해야 한다. 쉽게 움직여지는 근육부터 딱딱하게 굳은 몸의 구석구석을 서서히 움직여 나가야 비로소 '아사나'*에 들어갈 수 있다. 그래서 힘을 빼고 숨은 깊고 길게 쉬라고 한다. 실제로 강사의 말에 따라 몸을 늘어뜨리고 숨을 길게 내쉬면 신기하게도 한 움큼의 힘이 빠져나가는 걸 느낀다. 언제 숨어 들어와 순환을 방해했던 것이리라.

몸을 느끼는 것은 단순한 행위가 아니라 나를 돌아보는 시간이다. 먼저 마음을 집중하여 조용히 내면을 들여다보아야 한다. 무기력해진 근육은 깨우고 지나치게 긴장한 근육은 원래의 작용으로 돌아가도록 마음을 기울인다. 몸과 마음이 서로 교감하며 막혔던 곳이 뚫리고 느슨해지며 가벼워진다. 긴 호흡으로 말미암아 자신에게 몰입하는 쾌감도 느낀다.

'요가는 마음의 문을 열고 겸손하게 바닥에 내려앉아 숨 쉬는 코끝을 지켜보는 단순한 동작이 시작이다'라고 한다. 세상만사가 그러하듯 빨리 돌아가는 길도 없고 서두른다고 될 일도 아니라는 말이다.

언제 몸이 일러주는 소리를 귀기울여 들은 적이 있던가. 악기도 정음을 내지 못하면 조율해야 하듯 몸과 마음도 서로 엇박자를 내지 않도록 조율이 필요하다.

세상 이치도 이와 다르지 않으리.

* 아사나 : 활 자세 나무 자세 등의 요가 동작

다시 매실을 뜨기까지

이번에는 주방에 자리를 잡았다. 바닥을 널찍하게 확보하고 깨끗이 걸레질한 다음 신문지를 깔았다. 소쿠리와 양푼도 씻어 물기를 닦아 놓았다. 이제 베란다에 있는 병을 들고 와 소쿠리에 붓기만 하면 된다.

그동안 우리 집에서 매실은 작은 아이의 상비약이었다. 아이는 입이 짧고 편식이 심해 변비가 잦았다. 오죽했으면 그것으로 응급실을 찾기도 했을까. 말로만 듣던 매실의 효과는 정말 신기했다. 아이가 한밤중에 배가 아파도, 식구들 속이 더부룩해도 매실 한 잔이면 해결되었다. 매실 뜰 때가 되면 여기저기서 챙겨주는 바람에 직접 담그지 않아도 아쉬운 줄을 몰랐다.

작년이었다. 오빠가 처음 수확한 매실을 보내주는 바람에 우리도 매실 진액을 담그게 되었다. 한 자루나 되는 매실을 바닥에 부어 놓고 보니 효능도 효능이려니와 모양도 참했다. 녹색의 은은한 빛깔과 한결같은 모양이 보는 사람의 마음을 편안하게 했다. '충직'이라는 매화의 꽃말처럼 속을 감싸고 있는 솜털은 보드랍지만, 함부로 할 수 없는 기운이 느껴졌다. 아이처럼 풋풋한 느낌인가 하면, 소박하고 단아한 여인 같았다.

남편과 아이들도 거들었다. 깨끗이 씻어 꼭지 하나하나 손질했다. 물기를 닦고 노란 설탕에 버무려 놓으니 마치 쑥떡에 콩고물을 묻혀 놓은 것처럼 먹음직스러웠다. 남편이 '6월 9일 청명한 날에'라는 문구와 함께 사인까지 한 첫 매실 담그기였다. 투명한 유리병에 담아 놓으니 보기에도 상큼했다. 바람이 잘 통하는 베란다에 두고 오가며 보기만 해도 즐거웠다. 살림하는 재미가 이럴진대.

드디어 매실을 뜨는 날이었다. 그때는 베란다 수돗가에 자리를 잡았다. 조금 비좁다 싶었으나 뒷설거지가 훨씬 수월할 거라는 계산에서였다. 조심스럽게 뚜껑을 열고 속지를 벗기자 새콤하고 달짝지근한 향이 풍겼다. 손가락으로 찍어 맛을 보아도 농도나 맛이 완벽했다. 첫 솜씨에 회심의 미소를 지으며 매실 병을 들어 올렸다. 순간, 분명 손에 있어야 할 매실 병이 눈 깜짝할 새에 타일 바닥에 내동댕이쳐져 있었다.

'와장창' 하는 소리에 학교 가려고 나서던 아이들이 토끼 눈을 하고 달려왔다. 다 된 밥에 코를 빠뜨려도 유분수지, 그 상황에도 남편이 집에 없다는 사실이 그렇게 다행일 수가 없었다. 부뚜막에 애 앉혀 놓은 것 같다던 그의 말이 귓가에서 앵앵거렸다. 몇 번이나, 직접 담그니 얼마나 좋으냐는 말은 분명 가시가 있는 말이었을 게다. 지금까지도 친정과 시집을 오가며 김치와 밑반찬을 공수해 오는 나를 빗댄 말이리라.

순식간에 진액이 하수구로 빨려 들어가고 바닥에는 놀라 비틀어진 매실과 유리파편이 처참하게 뒹굴고 있었다. 혀라도 찰 듯이 내려다보는 아이들의 시선이 등에 와 꽂혔다. 수습해야 했다. 언제까지 보고만 있을 수는 없는 노릇이었다. 먼저 아이들을 안심시켜 학교로 보냈다. 허겁지겁 현장을 치우면서도 머리는 엉뚱한 쪽으로 돌아갔다. 어제 매실을 뜬다던 친구가 생각나 급히 전화를 했다. 사정을 이야기하고 진액 세 병을 약속해 놓았다. 이제 아이들과 협상하는 일만 남았다.

"엄마가 실수를 숨기고 싶은 게 아니라 아빠를 실망하게 하고 싶지 않아서야. 봤잖아, 아빠가 얼마나 좋아했는지, 그러니까 비밀로 해주라 응?"

학교에서 돌아온 아이들을 구슬렸다.

"그럼 진액은?"

열 살짜리 작은 애의 한 마디에 그제야 숨통이 트이는 것 같았다. 누굴 닮았는지 융통성이라곤 눈곱만큼도 없는 녀석이기에 말이다. 그 말은 분명 협상의 여지가 있음이렷다. 그렇다고 벌써 구해 놨단 말은 차마 할 수가 없었다. 일처리를 너무 매끄럽게 하는 것도 좀 그렇지 않은가. 한껏 풀이 죽은 체하며 엄마 친구들에게 알아보는 중이라고 했다. 주말에 죽순피자에다 추가로 스파게티까지 얹어 주겠다는 약속과 함께.

며칠 후, 우리는 손수 담근 최초의(?) 매실차로 건배했다. 물론 피자로 더부룩해진 속에도 매실은 유감없이 효과를 발휘했다. 그런데 작은 녀석, 잊을 만하면 의미심장한 미소를 흘리며 아빠를 부르는데 진땀이 날 지경이었다. 하여튼 매실 덕은 혼자 다 보는 녀석이.

드디어 오늘, 두 번째 매실을 뜨는 데 성공했다. 진액을 따라내고 난 매실은 씨를 제거하고 고추장과 소주에 반씩 재워 놓았다. 취중진담이라고 했던가. 분위기 좋은 날, 매실주 따라 놓고 남편에게 고백할까 보다. 그래야 그동안 불편했던 속이 편해질 것 같으니.

봉숙이 이야기

나는 요즘 동네에서 논다. 우리 집을 중심으로 반경 1~2km 안에서 논다. 동네 헬스장에서 운동하고 길 건너 마트에서 장을 보고, 마트 옆 미용실에서 머리를 한다. 예전에 원정 다니며 놀던 때와는 사뭇 다른 모습이다. 경제적으로나 시간적으로도 절약이다.

엘리베이터에서 만난 옆집 아줌마가 동네에 노래교실이 생겼으니 같이 가자고 했다. 수업이 있는 날이면 꼭 인터폰으로 권하는 그녀가 고마워 쫄레쫄레 따라나섰던 게 칠 년 전의 일이다. 생전 처음 가 본 노래교실은 마치 딴 세상 같았다. 처음에는 닭살 돋던 대중가요도 여러 번 듣다 보니 심금을 울렸다. 이 나이에 어디 가서 목청껏 소리 질러볼까. 노래와 더불어 세상 돌아가는 이야기에 한바탕 웃고 나면 속이 후련했다. 그날은 인근의 아줌마들이 때 빼고 광내서 오는 날이다. 부지런해야 멋도 부린다고 자신을 가꿀 줄 아는 사람이 살림도 야무지게 하리라. 적당한 긴장이 건강과 삶에 탄력을 준다는데, 나는 언제쯤 그리될까.

지난주에는 '봉숙이'라는 노래를 배웠다. 제목부터 예사롭지 않더니 역시나 반응이 뜨거웠다. 여기저기서 큭큭거리는 소리가 들렸다. 가사가 칠팔십 년대 청춘 남녀를 그린 풍속도라고 할까. 같은 시절을 보낸 우리에게 공감을 주었다. 요즘 젊은 친구들이 만들었다고는 믿어지지 않을 만큼 그 시대의 정서를 잘 표현한 노래다. 구수한 경상도 사투리에 보사노바풍의 멜로디를 듣고 있노라면 타임머신을 타고 그때로 되돌아간 듯한 착각에 빠졌다. 노랫말처럼 그 시절의 오빠들은 지금 어디서 무얼 하고 있을까.

요즘 동네에서 어울리는 언니 동생이 자그마치 열댓 명이나 된다. 아이들은 자라 시간적으로나 경제적으로도 한숨 돌릴 나이이다. 그러나 여유도 잠시 옆구리를 파고드는 허전함이 우리를 엄습해왔다. 어느 날 돌아보니 젊음은 멀어지고 자식들은 떠날 준비를 하는 현실이 눈앞에 와 있다. 끊임없이 발목을 잡았던 세월도 이제 와 홀로 서주기를 바라는 눈치다. 새로운 것을 찾아 시작하기도 두려운 나이, 횅한 가슴끼리 만나 아련한 그 시절의 봉숙이를 불렀다.

마침 새로운 놀이터도 생겼다. 교실에서 못다 한 수다를 온라인에서 하고 있다. 하루는 카페에 동생뻘 되는 친구가 불면증을 호소해 왔다. 의외였다. 톡톡 튀는 스타일에 누구보다 밝고 활동적인 그녀였기에 더 놀랐다. 남편을 도와 사업체를 꾸려가는 스트레스가 컸던 모양이다. 시부모님을 모시고 사는 친구의 하소연도 있다. 고민 없고 상처 없는 삶이 있을까. 처방전이 줄줄이 올라왔다. 함께 걱정하고 방법을 찾느라 카페가 뜨거웠다. 덕분에 그녀의 불면증도 조금씩 나아지고 있다니 가슴이 더 뜨겁다.

우리의 만남은 주로 번개를 통해서다. 인생의 반환점을 돌아선 주부들이 만나 고민을 나누고 위로하는 자리다. 엄마와 아내, 며느리와 자식으로서의 할 일을 하면서도 참석률이 높다. 나이를 내세우거나 고상한 척, 있는 척하지 않는 것도 자연스럽게 된 일이다. 오늘 번개는 신천 걷기다. 오는 길에 전망 좋은 포차에서 뒤풀이도 할 예정이다. 테킬라 한 잔에 얼굴이 발그레해지면 봉숙이를 부르고 또 누군가는 하소연을 늘어놓기도 하겠지. 돌아오는 길은 아쉽지만, 적당히 조율할 줄 아는 것도 나이에 대한 책임이리라.

뒤늦게 노는 재미가 쏠쏠하다. 남남으로 만나 꾸준하게 이어지는 재미에 나는 인연이라는 말을 떠올린다. 우연히 만나 칠 년이라는 세월을 흘러오는 동안 스쳐 갈 사람은 가고 남은 우리야말로 필연이 아닐까. 매번 자지러지는 즐거움이 아니어도 일주일에 한 번씩, 칠 년이란 세월은 단지 같은 취미를 공유하는 이유만은 아닐 것이다. 일부러 알려고 해서 안 게 아니라, 오랜 시간을 통해 저절로 알게 된 사람들. 각기 다른 성질의 물질이 만나 발효되고 숙성되는 동안 간이 맞아 지듯, 우리 또한 시나브로 정이 들었다.

'근대골목투어'를 신청했다. 전화를 받은 구청 직원이 날짜와 연락처를 물으며 어떤 단체냐고 물었다. 장난기가 발동하여 '침산동에 거주하는 아줌마 일동'이라고 했더니 웃으며 수준 있는 동네에 산다고 했다. 뭘 좀 아시는 분이다. 플라톤이라는 분도 '잘 노는 것이 신을 기쁘게 하는 일'이라고 했다니, 어디 신만 기쁘겠나. 주부가 즐거우니 가정이 즐겁고 가정이 즐거우니 대한민국 파이팅이다. 요즘 잘 논다.

부자 父子

남편과 작은아이가 캠프를 다녀왔습니다. 겨울방학을 앞두고 학교에서 주관하는 부자父子 캠프입니다. 초등학교 입학할 때가 엊그제 같은데 벌써 고등학생이라니 세월 참 빠르지요. 한창 공부해야 할 고등학생이 무슨 캠프냐고 하겠지만, 어찌 보면 지금이야말로 더 필요할 때라는 생각이 듭니다. 지금까지는 호칭도 아빠와 아이였다면 이제부터는 아버지와 아들이 더 적절한 말일 테니까요.

아들은 보나 마나 안 가려고 할 게 뻔합니다. 사춘기인 데다 내키지 않는 건 죽어도 안 하는 녀석이니까요. 섣불리 말을 꺼냈다간 일을 그르치기 십상이지요. 남편과 먼저 의논했습니다. 평일이라 미리 시간을 비워야 하는 이유도 있으나 그의 확고한 태도가 더 중요했습니다. 처음엔 남편도 망설이더군요. '쉰세대'라 쑥스럽다나요. 그렇다고 물러설 저도 아니지요. 언제 이런 기회가 오겠냐고, 한 번만 시간을 내달라고 졸랐습니다.

가족 중에서도 남편과 작은아들은 유독 죽이 잘 맞습니다. 혈액형도 같은 데다 단순하고 낙천적인 성격과 식성은 물론, 좋고 싫음이 분명한 것조차 닮았습니다. 문제는 고등학교 일 학년인 작은아들이 지금 사춘기라는 겁니다. 하루는 연락도 없이 외박하고 왔습니다. 그러고도 묵비권을 행사한 게 더 문제였습니다. 그렇게 화를 내는 남편을 처음 봤습니다. 그 일이 있은 후 남편이 달라졌습니다. 작전을 바꾼 거지요. 아들에게 무한 신뢰를 보내며 친구 같은 아빠가 되기로 했습니다. 내가 혼자 사사건건 속을 끓일 때도 그는 묵묵히 아들을 믿고 기다렸습니다.

출발하는 날은 비가 내려 운치를 더했습니다. 금요일에 출발해 다음 날 오후에 돌아올 예정입니다. 처음에는 교문에 들어서기도 쑥스러워하던 아버지들이 차츰 자기소개를 하면서 악수를 하고 대화를 나누더군요. 얼마나 든든하던지요. 교정이 꽉 찬 느낌이었습니다. 사실 말로도, 힘으로도 이길 수 없을 만큼 커버린 녀석들의 존재는 엄마에게 있어 버겁기만 합니다. 사내아이들에게는 아버지가 필요하다는 걸 새삼 느꼈습니다.

부자를 태운 버스가 교정을 빠져나가자 남편이 창밖으로 목을 빼고 손을 흔들었습니다. 얼마 있으니 잘 도착했다는 문자가 왔습니다. 가는 길에 해맞이 공원에 들러 우중의 바다를 감상했노라고, 저녁에는 캠프파이어를 할 거라고 했습니다. 프로그램 중에 세족식이 있었답니다. 서로의 발을 씻어주며 우리 집 부자는 무슨 생각을 했을까요. 정말이지 장난이나 치지 않으면 다행이다 싶었습니다. 다음은 부자가 편지를 써 교환해 읽는 순서였답니다. 글쓰기라면 질색하는 부자가 난감해했을 생각에 웃음이 나더군요.

아들의 편지를 읽어 내려가던 남편이 갑자기 훌쩍이기 시작하더랍니다. 아들 말로는 통곡을 했다고요. 아주 난감하더랍니다. 어쩔 줄 몰라 아버지의 어깨를 토닥거리며 '괜찮아 아빠 괜찮아.' 돌아와서 아들이 하는 이야기를 듣고 있자니 저는 점점 약이 오르는데 가뜩이나 얄미운 아들은 어깨까지 들썩거리며 신나 하더군요. 한마디로 기가 막혔습니다. 무슨 역할극의 한 장면을 보는 것 같았습니다. 흰머리 성성한 아버진 울고 아들은 달래고, 이건 뭐 부자 캠프가 아니라 아버지를 위한 캠프였다고나 할까요.

사회라는 전장에서 무수히 겪었을 난관에도 꿈쩍 않던 그가 자식 앞에서 눈물을 보이다니요. 이십 년을 함께 산 아내에게는 한 번도 보인 적이 없는 눈물입니다. 만감이 교차했을 테죠. 그간 자식으로 마음 졸였던 거며 가장이라는 이유로 내색하지 못한 일이 왜 없겠어요. 어깨를 기댈 만큼 훌쩍 자란 아들이 대견스럽기도 했을 겁니다. 어쩌면 오래전 자신의 모습을 떠올렸을 수도 있겠네요. 그럼요, 그럴 수 있죠. 그런데 저는 왜 기운이 빠지는 걸까요. 아들에게 고해성사라도 받아오길 기대한 것도 아닌데 말입니다.

남편이 안주머니에서 뭔가를 꺼내 줍니다. 어제 부자가 쓴 편지입니다. 편지지의 반을 겨우 채운 아버지와는 달리 여백까지 빽빽이 채운 아들의 편지, 아! 이것만 해도 어딥니까. '엄마 사랑해'라는 하트 그림에 주책없이 눈물이 흐릅니다. 그런데 읽다 보니 같이 간 친구들까지 한마디씩 적어서 올려놨네요. 어쩐지….

좌우지간 못 말리는 아들입니다. 그래도 오늘은 부자의 엉덩이를 톡톡 두드려주고 싶은 날입니다.

2부

광화문 연가

빈자리

우리에게 이번 추석은 여느 때와 다르다. 집안의 어른이자 맏며느리인 큰 동서가 돌아가시고 처음 맞는 명절이기 때문이다. 다들 내색은 안 해도 불 꺼진 신호등 앞에 서 있는 것처럼 막막한 심정일 것이다. 형님을 대신해 조상을 모시고 식구들을 챙겨야 할 질부와 나는 더욱 난감하다. 그동안 수없이 보아 온 제수 목록이며 상차림마저도 생각이 잘 나지 않는다. 사별의 슬픔이 채 가시기도 전에 코앞으로 다가온 현실이 불안하기만 하다.

대구에서 여수는 서둘러 출발해도 한나절을 넘기기 일쑤다. 그마저도 차 안에서 진을 다 빼야 하는 명절 귀성길. 집 앞 공터에 차를 세우고 내릴 준비를 하다 보면 언제 내다보고는 뒤에 와 서 계시곤 했다.

"애기들 델꼬 먼 길 오느라 욕봤네." 푼푼한 한마디, 조카들이 스무 살이 되어도 매양 애기로만 보는 순박한 성정에 친정집에 온 것처럼 푸근했다. 많은 제수 음식 미리 다 해 놓고 형제들 입맛까지 기억해 한 상 가득 밥상부터 차려 주시면 세상에 이런 호사가 또 있을까 싶었다.

선산이 가까이 있는 시집은 명절이면 손님이 끊이질 않는다. 일가친척은 물론 객지에 나간 고향 까마귀들도 그냥 지나가지 않는다. 일 년에 네댓 번 오는 형제도 당신에겐 큰손님이었을 것이다. 시동생이나 친척이 "형수" 혹은 "어이 자네" 하고 대문을 들어서면 그것이 고맙고 또 반가워 하루에도 몇 번씩 밥상 술상 차려내던 형님이었다.

하늘만 빠끔한 빈농에 맏며느리로 시집와 손마디가 휘도록 땅을 일구었다. 비록 가난한 촌부의 아내로 살았으나 따뜻하고 너른 성품은 감히 흉내조차 낼 수 없는 사람이다. 손자들 재롱이 물이 오를 즈음, 허리 펴고 살 만하다 싶으니 홀연 세상을 떠났다. 삼 년여 투병 생활을 했지만 당신이라면 이겨낼 줄 알았다. 생전에 입버릇처럼 말하던 "암 것도 모르는" 우리를 두고 가리라곤 생각지 않았다. 형님이 안 계신 시집과 명절을 상상이나 했을까. 일보다 형제간의 우애가 먼저라던 말씀에 살림살이 눈여겨봐 둘 생각을 못 했다.

한 사람의 존재가 사라지고 없다는 사실이 믿기지 않을 만큼 집안은 예전 모습 그대로다. 아직은 치울 수가 없어 가끔 들러 청소만 한다는 질부는 나보다 열세 살 아래다. 텃밭과 곳간, 부엌을 오가던 형님을 따라다니며 겨우 나물 다듬기나 마늘 빻기가 나의 주일거리였으니 집안의 대소사를 짊어지고 가야 할 큰 질부의 어깨가 무거워 보인다.

"그 시간 그 공간을 통과하면 그 사람이 된다."라는 말이 있다. 구차하게 과거로의 시간에 매달리거나 미혹하게 미래의 시간만을 꿈꾸는 것이 아니라, 바로 지금 이 시간과 공간을 통과해야 한다고 한다. 질부에게도 들려주고 싶은 말이다. 우리는 지금 이 시간을 부지런히 통과하지 않으면 안 된다고. 태산 같던 형님의 빈자리를 이제는 너희의 시간과 공간으로 채워가야 한다고. 그러니 힘을 내자고.

그 말은 나를 향한 말이기도 하다. 구들장처럼 두텁고 따뜻한 그 정이 삶과 죽음의 경계를 넘었다고 쉽게 변할 수 있을까. 빈자리가 식지 않도록 가슴에 불을 지피고 가족 간의 온기를 잘 유지하는 것이 남은 우리의 몫이라는 생각을 하며.

무모한 열정

오후 세 시, 뒤 베란다가 수상쩍다. 오수를 깨울 겸 양말 몇 짝을 놓고 주무르는데 뒤통수가 서늘하다. 늘 뒤가 문제거늘. 아니나 다를까, 눈을 돌리는 순간 낯선 물체가 포착되었다. 파리다. 그것도 귀하디귀한 왕파리 두 마리가 들어와 있는 게 아닌가. 대뜸 창문부터 살폈다. 창문은 열어놓은 그대로이고 굳게 닫힌 방충망이 되레 황당해하는 폼이다. 들어올 곳이라곤 이곳뿐인데 아무리 살펴도 침입의 흔적이라곤 없다. 도대체 녀석들은 이십이 층이나 되는 이곳까지 언제 어떻게 들어왔단 말인가.

세월 참 좋아졌다. 요즘은 그들도 당당히 엘리베이터를 타고 현관으로 드나든단다. 그렇더라도 이곳은 집안에서도 가장 구석에 있는 요새가 아닌가. 현관에서 여기로 오는 길은 어두운 데다 콘솔과 화분 따위의 장애물이 있는 난코스다. 자칫 방향을 잘못 틀기라도 하면 다치거나 빠져나올 수 없는 지경이 될 수도 있다. 어떻게 여기까지 왔을까. 왕파리와의 조우는 까마득한 시절의 빛바랜 사진 같은 이야기다. 새삼 도심 한복판에서 우연히 스치는 것도 아니요, 피할 수 없는 운명으로 만나고 보니 그나마 남아 있던 연민마저 사라졌다.

방법을 찾아야 했다. 잡든지 밖으로 내보내든지. 모르긴 해도 포위망을 좁히는 게 우선이리라. 담판을 지어도 여기서 지어야지 자칫 집 안으로 들어가기라도 하면 낭패다. 이 광활한 우주에서 한 점에 불과한 녀석들을 무슨 수로 감당할까. 그들의 족적이 집 안 곳곳에 닿을 생각을 하니 끔찍하다. 지금이라도 순순히 나가 준다면 그간의 죄업은 묻지 않으리. 집안으로 통하는 문은 봉쇄하되 닫혀 있던 방충망을 활짝 열어젖혔다. 끝물의 여름 하늘이 새파랗게 질려 물러앉는다. 녀석들도 내 존재를 알아차렸는지 아까와는 움직임이 다르다. 과연 대낮에 여기까지 올라온 기습자답게 어찌나 빠르고 영리한지 눈으로 좇기도 버겁다.

한참을 기다려도 나갈 낌새가 보이지 않는다. 나가기는커녕 온 구석을 휘젓고 다닌다. 사랑놀이에라도 빠졌나. 앉을 때는 포개어 앉고 날아다닐 때는 붙어 다닌다. 볼수록 가관이다. 무얼 더 기대하랴. 뭐도 약에 쓰려면 없다고, 주위엔 녀석들을 상대할 만한 게 없다. 한동안 굴러다니던 '해충 박멸제'도 얼마 전에 치워버렸다. 할 수 없이 빨려고 내놓은 수건을 움켜잡고 공수 자세를 취했다. 때맞춰 한 놈이 세탁기 위에 앉는 걸 보고 내리쳤다. 소리만 요란한 채 실패다. 다시 심호흡을 하고 창틀에 앉은 녀석을 향해 잽싸게 수건을 던졌다. 이번에도 녀석은 보란 듯이 튕겨 오르고 먼지만 뽀얗게 일었다.

시간이 흐를수록 지치고 조급해지는 쪽은 나였다. 제발 나가주기를 기다려도 길을 찾지 못하는지, 나갈 생각이 없는지 사방으로 날아다니며 분을 돋웠다. 이제는 아예 천정에서 내려올 생각조차 않는다. 내가 아무리 용을 써도 거기까지 미치지 못한다는 걸 아는 걸까. 문득 상대가 나를 알아보고 대처한다고 생각하니 소름이 돋았다.

헛손질 발질에 좁은 공간이 아수라장이다. 바닥에는 세제 통과 빨랫감이 널리고 물 젖은 양말은 성가시게 질퍽거렸다. 분무식으로 된 세제 통이 눈에 들어온 것은 지쳐서 앉아 있을 때였다. 급한 마음에 눈앞에 있는 것도 보지 못했다. 강력세제라고 쓰인 분무기를 들고 천정을 향해 힘껏 발사했다. 얼마나 힘을 줬던지 발사되고 남은 액체가 팔을 타고 겨드랑이로 흘러들었다. 그제야 한 녀석이 거품을 뒤집어쓴 채 바닥으로 떨어졌다. 급히 수돗물을 틀어

하수구로 흘려보내고 돌아서는데 남은 녀석이 열어 놓은 창을 통해 줄행랑을 쳤다. 막 번지기 시작하는 노을 속으로 한 점이 되어 점점 멀어져 갔다.

천지 분간 못하고 뛰어든 게 그들뿐일까. 어긋난 태엽처럼 일상이 겉돌기 시작하던 어느 날이었다. 저녁 설거지를 하다 말고 빗속으로 차를 몰았다. 지면에서 본 '수필 창작' 요새를 향해서였다. 책상 앞에는 한나절이 가도록 손도 대지 못한 지면이 허옇게 널브러져 있다.

가출

일이 커졌다. 작은아이와 귀가 시간을 놓고 옥신각신하던 중이었다. 옆에서 듣고 있던 남편이 나가라고 하자 아이는 마치 기다렸다는 듯이 집을 나가버렸다. 목소리가 커진 내 탓이라고 후회했지만 엎질러진 물이었다. 그렇다고 주섬주섬 옷까지 챙겨 문밖으로 나가는 아이를 잡을 수도 없었다. 서로 생각할 시간이 필요하다고 입술을 깨물었다.

하루가 지나고 이틀째 저녁이 되자 비가 부슬부슬 내리기 시작했다. 우리는 약속이나 한 듯 집을 나섰다. 세상이라는 파고에 휩쓸려가기 전에 제자리로 데려와야 한다는 생각뿐이었다. 어린 양이 갈 만한 뒷골목과 PC방을 뒤졌다. 길 건너 둔치와 학원가를 헤

매면서 절친의 인맥이나 전화번호조차 모르고 있다는 사실에 또다시 막막했다.

둘째를 출산하자 어머님이 올라오셨다. 며칠 다니러 오셨다가 연년생의 손자에게 발이 묶여 일 년을 머무셨다. 젖이 모자라 큰애도 겨우 먹였던 터라 작은애한테는 제대로 물리지도 못했다. 자연 큰애는 내가, 작은애는 어머님이 맡았다. 손자에 대한 할머니의 각별한 사랑은 간혹 내가 엄마라는 사실도 잊게 했다. 처음 만지는 젖병과 기저귀 사용법도 금방 익히셨다. 밤낮이 바뀐 아이 때문에 밤을 꼬박 새워도 나이 들면 잠도 없다며 되레 잘되었다 하셨다. 그래서일까. 나한테는 작은아이를 살갑게 안아준 기억도 기회도 많지 않다.

착하고 어리기만 했던 아이가 사춘기에 접어들면서 집안에 큰소리가 나기 시작했다. 아이에게는 친구가 일순위였다. 문제는 엄마인 내가 친구들의 면면을 모른다는 것이다. 좀처럼 속내를 드러내지 않아 온 신경이 저를 향해 있었다. 줄다리기하듯 팽팽한 신경전, 종래 대화는 사라지고 감정만 남아 달그락거리는 날이 연속되었다. 언젠가 동생을 가리켜 할머니 아들인 줄 알았다던 큰아이 말에 가슴이 아렸다. 길었던 사춘기와 갈등 뒤에는 엄마로서 다하지 못한 책임과 성급한 마음이 있었다.

2014년 1월 21일, 아들이 두 번째 가출을 감행했다. 대설특보가 내려진 춘천으로 입대한 것이다. 제 형이 입대한 지 꼭 40일 만이다. 지원자가 많아 친구와 동반 입대를 신청해 놓은 상태였지만, 이렇게 빨리 통보가 올 줄은 몰랐다. 입소하는 부대도 형과 같은 곳이어서 그날의 기억이 생생하다.

길은 낯설고 멀었다. 네 시간을 넘게 달려 네비게이션이 목적지라고 가르쳐준 곳은 허허벌판이었다. 아니 벌판에 주차장과 식당이 있었다. 미리 도착한 입소자와 가족 친구들로 북새통을 이루었다. 사제 군용품을 파는 상인들과 식당마다 손님을 부르는 호객소리가 차가운 겨울바람에 섞여 떠다녔다. 뭐라도 먹여서 보내야겠다는 생각에 식당으로 갔지만 주문한 닭갈비는 손도 대지 못하고 물만 들이키다가 나왔다. 말로만 듣던 강원도 바람은 과연 차고 매서웠다. 군데군데 붙여놓은 화살표를 따라 이동하는 인파에 섞여 우리도 부대로 향했다. 입소를 환영하는 군악대의 연주가 가까워지자 친구와 마지막으로 통화를 끝낸 큰애가 내게 전화기를 건네주었다. 연병장에는 수많은 '조국'이 펄럭이고 있었다.

다짐과 눈물이 교차하던 그곳으로 또다시 작은아들을 보내야 하는 우리는 망연했다. 빠듯한 시간을 쪼개 고향 선영에 다녀오던 날, 훌쩍 자라 있는 아들에게 미안하고 고마웠다.

퇴근길에 남편이 '군사소포'라고 적힌 상자를 들고 왔다. 집으로 배달하겠다는 택배 기사에게 직장으로 갖다 달라고 부탁했다는 것이다. 연이어 군사소포를 받게 될 내가 걱정스러웠다고 했다.

상자에 나란히 적혀있는 아들 이름과 내 이름을 보자 어느 순간 지치고 느슨해진 거리가 시위처럼 팽팽하게 당겨져 왔다. 추위를 많이 타는 녀석이라 옷이 여러 벌이다. 양말도 두 켤레나 껴 신었다. 신발과 장갑, 수첩과 구겨진 지폐 몇 장이 아들의 분신처럼 들어 있다. 동봉한 편지에는 조신하게 잘 마치고 돌아갈 테니 걱정하지 말라고 적혀 있었다.

시간이 흘러 언젠가 아들은 결혼이라는 세 번째 가출을 선언할 것이다. 그때는 후회와 눈물 바람이 아니라 박수와 축복 속에 보내는 작별이 될 것이다. 두 아들이 무사히 전역하는 그날까지 나는 쓰러져도 쓰러질 수 없는 엄마다. 자리를 털고 일어나 미루어 두었던 아들 방을 청소했다.

늦깎이 엄마의 가슴속으로 아이가 아장아장 걸어오고 있다.

크레인에 걸린 노을

몸살이라도 나신 걸까. 점심은 드셨냐는 전화에 어머니 목소리가 갈라진다. 당신은 괜찮다지만 목소리만 듣고도 컨디션을 짐작할 만큼 나도 이제 반 도사가 되었다. 혼자 계시는 팔순 노모의 밤이 길고도 길 성싶다. 몸살약과 호박죽을 준비해서 해거름에 친정으로 향했다.

집에서 나와 성북교에서 좌회전을 하면 바로 신천대로다. 곧장 이삼십 분 달리면 친정 동네가 나온다. 북대구IC를 지날 즈음이면 시야가 트이고 바람결이 확연히 다르다. 이래서 강 건너 사는 친구는 여름에 에어컨 없이도 산다고 했나 보다. 금방이라도 붉은 물이 뚝뚝 떨어질 것 같은 석양, 역광을 받아 다홍색으로 반짝이는 금호강, 가슴속까지 파고드는 시원한 바람은 끝없이 달리고 싶은 충동을 느끼게 한다.

팔달교가 가까워지자 하늘을 찌를 듯한 크레인이 아슬아슬하게 서 있다. 친정을 오가며 수시로 마주치는 광경이다. 도시철도 3호선과 4대강 공사가 시작되면서 이곳은 수륙공중전을 방불케 한다. 오랜 잠에서 깨어나는 강의 몸부림이 요란하다. 그런가 하면 거대한 콘크리트 빔 위로 정거장이 생기고 전철이 다닐 궤도가 형체를 드러냈다. 영화의 한 장면처럼 머잖아 모노레일을 타고 도시를 횡단할 수 있다니 걱정과 기대가 교차한다.

개발의 바람은 조용하던 시골까지 불어닥쳐 친정 마을도 몸살을 앓고 있다. 대규모 아파트가 들어설 부지에 보호막이 설치되고 임시로 만들어 놓은 진입로는 갈 때마다 사람을 긴장케 한다. 이맘때면 코스모스가 피어 가을 정취를 더해주던 마을길도 덤프트럭이 오가는 삭막한 풍경으로 변했다. 마을 안도 사정이 다르지 않다. 언제부턴가 목이 좋은 대로변은 외지인들의 차지가 되었다. 큰길을 따라 상가와 가내 공장이 자리 잡으면서 낯선 동네에 들어선 느낌이다.

개발은 혜택을 주기도 하지만, 소중한 것을 잃어버리게도 한다. 마을의 외형뿐 아니라 정붙이고 살던 이웃과의 관계도 소원하게 한다. 개발붐을 타고 외지 사람들이 속속 들어오면서 정작 대를 이으며 마을을 지키고 살아온 토박이들은 점점 뒷전으로 밀려나고 있는 형편이다. 친정집 주변은 안노인 혼자 생활하는 가구가 대부분이다. 환경도 사람도 노후되어 바람 불면 꺼질 듯 불안하다. 홀로 사는 어른들이 많다 보니 아침에 일어나면 서로 대문부터 확인한다는 어머니의 말씀이 떠올라 울컥해진다.

지난봄에 마을회관에 딸려 있던 경로당이 시야가 탁 트인 언덕으로 이전했다. 우리가 어릴 때 뛰어놀던 야산으로 마을이 한눈에 내려다보이는 곳이다. 마을에서 뜻을 모아 전망 좋고 공기 좋은 곳에 건물도 새로 지었다. 고마운 일이지만 정작 거동이 불편한 어머니에게는 그림의 떡이다. 그나마 경로당에 들러 시간을 보내곤 하던 어머니의 발길도 뜸해진 지 오래다.

지나가는 바람 소리에도 귀를 세우던 어머니가 기척이 없다. 텔레비전을 보다 잠이 드셨나 보다. 머리맡에 쌓인 약봉지와 파스, 몇 개의 연고와 리모컨이 어머니에겐 더 절실해 보인다. 어머니의 긴 하루가 크레인에 걸린 노을처럼 애잔하다.

돌아온 민증

탁자 위에 우편물이 수북하다. 그 중에 색다른 봉투 하나가 개봉되어 있다. 아파트 일 층에 있는 우편함은 대체로 작은아이 담당인데 꺼내오면서 열어 본 모양이다. 발신자가 강남경찰서장으로 되어 있다. 조심스레 안을 펼치자 얼마 전에 분실한 큰아이 주민등록증과 함께 안내문이 들어 있다.

며칠전 모임에 참석 중이었다. 나중에 보니 서울에 있는 큰애로부터 여러 번 전화가 와 있었다. 또다시 벨이 울렸다. 다짜고짜, 지갑을 잃어버렸단다. 현금카드를 분실해 새로 발급받은 지가 엊그젠데 이번에는 지갑이라니. 나도 모르게 아빠한테 전화하라고 하고선 끊어버렸다. 모임에 집중될 리가 없다. 현금이며 중요한 것은 그 속에 다 있을 텐데, 놀라고 당황스러운 것은 둘째고 당장 고립무원의 처지가 되어 있을 아이 생각을 하니 앉아 있을 수가 없었다. 더구나 큰애가 소지하고 있는 신용카드는 남편 명의로 된 것이다. 밖으로 나와 남편한테 전화를 했다. 자기도 중요한 모임 중이라며 분실신고 센터 전화번호만 가르쳐 주었다고 했다. 애가 뭘 안다고, 직접 좀 하시지.

큰애는 덜렁대고 물건을 잘 잃어버리는 편이다. 쓰고 다니는 안경만 해도 여러 개째다. 학용품은 한 달만 지니고 있어도 장하다 싶었다. 어릴 때 손님이 와서 용돈을 줘도 받을 때뿐이다. 돌아서자마자 흘리고 다닌다. 가지고 놀던 장난감 상자에서 지폐가 나오는가 하면 욕실 세면대 위에서도 발견되었다. 뜻밖의 수확과 아이의 동선이 그려져 실소가 나오기도 했다.

5학년 겨울방학 때였다. 학모 중에 여행사에 근무하는 엄마가 있었다. 그녀의 일장 연설이 있는 날이면 왠지 불안했다. 부모를 따라 세계 곳곳을 다닌 그 집 아이는 어딘가 달라 보였다.

호주로 6주간의 캠프를 보냈다. 영어캠프라고 하지만 나는 아이가 무사히 넓은 세상을 보고 오기만 해도 좋다고 생각했다. 그런데 일정이 반도 지나지 않아 지갑을 잃어버렸다고 연락이 왔다. 지구 반대편에서 걸려온 아이의 풀죽은 목소리에 얼마나 놀라고 애가 탔는지 모른다. 분실 경위는 고사하고 인솔 선생님과 통화조차 제대로 이루어지지 않아 보낸 걸 후회했다. 부랴부랴 송금을 했지만 출국에서 돌아오기까지 모든 것을 책임진다던 여행사 측의 무심한 태도는 지금 생각해도 이해 불가다.

주말에 '드림월드'라는 놀이공원을 갔는데 회전 기구를 탈 순서였단다. 높이와 속도가 지금까지 타 본 것과는 비교되지 않는다며 아이는 흥분을 감추지 못했다. 순간 제 물건 잘 간수하라고 신신당부하던 엄마의 얼굴이 떠올랐을까. 회전하면 흘릴 것 같아 지갑과 소지품을 한쪽 옆에 가지런히 두고 탔다고 했다. 수많은 인파가 붐비는 곳을 제 딴은 안전하다 여기며. 다녀와서 하는 이야기를 듣고 맙소사, 기가 막혔다.

아들은 어릴 때나 지금이나 제 물건을 챙기는 데 있어 별반 달라진 게 없다. 다음 날 전화가 와서 댄스 연습실에서 없어진 게 분명하다고 했다. 윗도리 주머니에 넣어 잘 보이는 곳에 벗어 두었다며 볼멘소리를 했다. 견물생심이라지 않던가. 잃어버린 사람의 책임이 더 크다는 말에는 시큰둥했다. 춤을 추기 위해서는 끊임없이 몸을 움직여야 하니 지갑이든 현금이든 주머니에 넣고하기에는 불편할 것이다. 그럼에도 아들은 연습실을 가야 하고 그들과 어울려야 한다. 함께 살아갈 수밖에 없는 세상이다. 다만 가까운 주위에서 일어난 일이라는 사실이 덜 자란 가슴에 상처가 될까 염려스럽다.

아들은 지갑과 신분증 분실로 호된 신고식을 치른 셈이다. 잃어버린 것도 문제지만 주민등록증은 성인이며 스스로 의무와 책임을 다 해야 하는 증표와 같은 것이다. 믿고 싶지 않지만, 세상인심은 갈수록 험해진다. 최근 취객을 상대로 이만 원 남짓한 돈을 갈취하기 위해 무자비한 폭력을 가한 십 대 세 명이 구속되었다는 뉴스를 접했다. 돈이라면 폭행도 서슴지 않는 세상이 무섭다.

아직 잉크도 마르지 않은 주민등록증이 반으로 접혀 있다. 사진도 흉하게 금이 가 있다. 필요한 것만 취하고 그렇지 않은 건 스스럼없이 구겨서 집어던졌으리라. 언제쯤 알게 될까. 제 삶을 누구도 대신해 줄 수 없다는 걸. 잃어버린 책임을 다 하느라 분실신고와 재발급 신청으로 통화할 때마다 귀에 못이 박이도록 쓴소리를 한다.

그곳에 가면

두 주 연속 서울행이다. 지난주는 토요일에, 이번 주는 일요일에 잔치가 있다. 장거리 운전에 피곤해하면서도 남편은 단잠을 떨치고 일어나 준비한다. 잔치도 보고 조수 노릇도 할 겸 나도 따라 나선다.

오늘은 먼 친척의 혼사가 있는 날이다. 강남의 한 성당에서 오후 3시에 예식이 있다. 차를 타고 가면서 남편에게 혼주와 우리가 어떻게 되는 사이냐고 물어보았다. 생김새와 이름까지 비슷한 족보는 들어도 그때뿐이다. 일가친척이라고 해도 몇 년에 한 번 볼까 말까 하니 더 그렇다. 주차하고 안으로 들어가는데 청년 몇 명이 나와 정문 쪽으로 뛰어갔다. 고향에서 온 버스가 도착했다는 말에 우리도 뒤따라갔다.

서울이 하룻길이라지만 마음은 벌써부터 설레었으리. 알록달록하게 차려 입은 고향분들의 모습이 소풍나온 아이들 같다. 버스에서 내려 덩실덩실 춤을 추는가 하면, 처음 본 사람들처럼 얼싸안고 좋아한다. 그들의 웃음소리와 남도의 사투리가 어우러져 마치 고향 장날 같다.

남편의 고향은 '여수시 소라면 봉두리'라는 시골이다. 지금은 사방으로 길이 뚫리고 차편도 좋아졌지만, 그가 면 소재지에 있는 중학교에 다닐 때만 해도 산을 하나 넘어야 하는 오지 마을이었다. 위아래 마을을 합쳐도 50호가 되지 않는 작은 마을, 젊은 사람들은 일찍 도시로 나가고 지금은 부모님 세대가 남아 고향을 지키고 있다. 젊은 나이에 고향을 떠난 그들이 오륙십 대가 되고 자녀가 성장해 결혼할라치면 몇 년을 소식 없이 지내다가도 연락해온다.

신부가 피아노를 전공해서 그런지 식장이 연주회장 같다. 오프닝 행사로 신부의 은사라는 사람이 한 시간가량 첼로 연주를 했다. 연주가 끝나고 드디어 예식이 시작되나 했는데, 이번에는 신부가 피아노 앞에 앉는다. 듣기 좋은 꽃노래도 삼세번이라고 이색적인 잔치에 고상한 척 자리를 지키던 나도 몸이 비틀리기 시작한다.

"워메 배고파 환장하겠구만, 먼 놈의 잔채가 이런다냐. 시방 시간이 몇 신디? 아 내려갈 사람 생각도 혀야제"

예상치도 않게 튀어나온 숙모의 큰소리에 사람들의 시선이 쏠렸다. 누가 시비라도 걸면 어쩌나 하는 생각은 나의 기우일 뿐이다. 오히려 고향 사투리가 반가운 듯 여기저기서 화답하고 웃는 소리가 들렸다.

남편이 대구에 정착한 지도 삼십여 년이 되었다. 건설업을 하던 사촌 형이 먼저 와 자리를 잡자 둘째 시숙이 오고 남편이 오고 시동생도 왔다. 이렇듯 일가친척이나 고향 사람 누구라도 자리를 잡으면 그것이 연줄이 되어 고향을 떠나왔다. 없는 사람들이 먹고살기에는 대처가 나았던가. 대부분 서울이나 대도시에 터전을 잡고 살고 있다.

농촌이라도 친정과 시댁은 사정이 다르다. 언제부턴가 친정 동네는 수박과 참외 산지로 이름이 나있다. 농사짓는 사람도 대부분 젊다. 낙동강 유역의 넓은 땅과 풍부한 일조량과 정보를 활용해 벼농사를 특수작물로 전환해 높은 소득을 올리고 있다. 그러나 일조량이 부족한 시집 동네는 선택의 여지가 없다. 몇 차례 비닐하우스를 설치하고 다른 작물을 시도했지만, 결국 벼농사뿐이라는 결론만 얻었다. 그마저도 수확할 시기가 되면 태풍이 들어 일 년 농사를 망쳐 놓았다. 산으로 둘러싸인 지형은 바람이 한번 들어오면 쉽게 빠져나가지 못하고 애써 가꾼 농작물을 휩쓸어 버렸다.

천형 같은 가난을 대물림하지 않겠다는 일념, 적잖은 돈을 사촌에게 쥐여주면서까지 자식들을 도시로 내보내려고 했던 아버님의 마음은 그만큼 절박했으리라. 하지만 도시로 나간다고 다 살 길이 열리는 것은 아니었다. 식솔을 이끌고 나간 가장들은 막노동에서부터 공장의 허드렛일, 배달일도 마다치 않았다. 그렇게 살아온 그들에게 자녀가 자라 결혼하는 것은 삶의 목표를 다 한 것처럼 기쁘고 자랑스러운 일이 될 것이다. 그리고 그것은 타향에서 밀알처럼 흩어져 사는 고향 사람들을 한자리에 모이게 하는 장소가 되고 이유가 되었다. 몇 십 년 만에 연락이 닿아 왔다는 아저씨 한 분이 눈물을 글썽이는 모습에 보는 내 가슴도 먹먹했다.

식당 한쪽을 고향 사람들이 차지하고 앉아있다. 버스는 경적을 울리며 갈 길을 재촉하는데 취기가 오른 사람들은 일어날 생각을 않는다. 전설 같은 옛이야기를 하고 또 한다. 언제 또 만날까. 다시 만날 수 있을까. 떠나는 사람도 보내는 사람도 아쉬움에 또 한 잔이다. 아까부터 남편이 보이지 않아 주위를 둘러보았다. 일찍 고향을 떠나 목자가 된 집안 형님과 복도에서 이야기하고 있다. 고개를 끄덕이며 이따금 시계를 들여다보는 그도 쉽게 자리를 뜨지 못한다.

광화문 연가

"언젠가는 우리 모두 세월을 따라 떠나가지만…."

저음의 담백한 음색이 텅 빈 집안을 돌아 가슴께로 차오른다. 뮤지컬 〈광화문 연가〉를 보고 오던 날 큰애가 전화기에 저장해 준 것이다.

그즈음 아들이 서울로 가야 할 날이 다가오고 있었다. 떠날 준비를 하는 모습을 지켜보며 스산한 마음을 주체할 수 없었다. 작별식을 치르듯 함께 찾은 공연장, 뮤지컬의 감동과 아들을 보낼 생각에 훌쩍거렸던 기억이 새롭다. 아들이 저장해 준 것이 이뿐일까.

시간을 거슬러 올라가자 맞은편 빵집과 은행 건물 사이가 왁자

하다. 햇살을 머리에 이고 한 무리의 아이들이 달려오고 있다. 벌써 수업이 끝났나 보다. 한낮이 지나서 오는 과일 트럭도 전을 펴 놓았다. 교차로에 전에 없던 후레지아가 만발했다. 영덕이 고향이라던 과일 총각이 옆에다 꽃을 놓고 파는 모양이다. 아이들이 재잘거리며 노란 후레지아 앞으로 모였다가 흩어진다. 한달음에 달려와 까치발로 초인종을 누르던 아이가 어느새 자라 떠날 준비를 하고 있다.

삼월이 되자 아들이 서울로 떠났다. 친구들이 제각기 캠퍼스와 재수학원으로 떠나간 뒤다. 우연케도 거처를 마련한 곳이 광화문 근처의 언덕배기다. 겨우 제 몸 하나 비빌 공간이어서 간단하게 꾸린다고 꾸려도 보퉁이가 여러 개다. 혼자 가겠다는 아들을 우격다짐으로 데려다주고 온 지 며칠이 지났다. 닫힌 창 너머로 겨울 같은 삼월이 가고 사월이 왔다. 봄은 하루가 다르게 완연해 가고 때마침 불어온 선거 바람은 거리를 휩쓸고 다녔다. 떼로 몰려와 아침을 깨우는가 하면 확성기를 앞세워 먹먹한 가슴을 헤집고 지나갔다.

아들의 빈자리가 크다. 정해진 길이 아니라 안갯속 같은 길로 보내 놓고 망연스레 앉았다. 길잡이가 되어주지 못한 회한에 마음은 하루에도 몇 번씩 광화문 언덕배기를 서성거린다. 옷은 따뜻하게 입고 다니는지, 끼니를 거르고 다니진 않는지 애가 탔다. 무엇보다 낯섦에 잘 적응하고 있는지…. 한숨과 걱정이 늘어지는 날이면 보다 못한 남편의 쓴소리가 날아들었다. 노란 꽃가루가 집안 켜켜이 쌓이고 밤새 신열이 오르내렸다.

아들의 꿈은 댄서다. 고등학교 삼 년 동안 동아리를 만들고 연습을 하느라 밤을 새워도 취미로 선을 그어 놓은 터라 걱정 안 했다. 그런데 아무도 모르게 단단한 씨앗 하나를 제 가슴에 심어 놓고 있을 줄이야. 힙합댄스라니, 앞만 보고 달려온 부모에게 실용댄스란 생소하고도 먼 이야기다. 알아서 할 거라고, 뒤에서 지켜보기로 한 교육이 아이의 생각을 엉뚱한 곳으로 키운 것일까. 남편이 하는 일이 가업이 되었으면 하는 바람은 말 그대로 바람이 될 공산이 크다. 인생을 앞서 살아온 부모로서는 무엇보다 안정된 삶이 우선이다. 불안정한 생활과 험난한 길은 불을 보듯 뻔하다. 그 길을 아들은 가려 하고 우리는 말리느라 서로에게 생채기를 냈다.

마지못해 발길을 돌렸으리라. 바람이 숙지자 아들은 문제집을 사 나르고 다시 꿈을 그리려고 애를 썼다. 누구보다 일찍 등교해서 가장 늦게 교문을 나왔다. 하지만 열아홉 살의 초롱초롱한 눈빛과 열기를 더는 볼 수가 없었다. 풀이 죽은 모습을 볼 때마다 우리 부부도 갈등이 일었다. 서늘한 눈빛이 유난스러운 날엔 집안 공기마저 썰렁했다.

고심 끝에 지금이란 시간은 잠시 접어두기로 했다. 저라고 쉽게 내린 결정이 아니란 걸 안다. 어쩌면 방황일 수도 있는 지금 이 시간이 아들을 더 강하게 키워 줄 수도 있다. 결과를 떠나 저 스스로 길을 찾을 때까지 기다릴 참이다. 불안한 눈빛은 거두고 큰 소리로 응원하면서 말이다.

아들이 댄스 학원에 등록했다고 전화가 왔다. 목소리에 활기가 넘친다. 그 길로 꿈을 이룰 수도 되돌아올 수도 있다. 하지만 괜찮다. 비 온 뒤의 땅이 더 굳어진다지 않는가.

아들은 지금 인생에서 가장 푸르고도 불안한 청춘의 문턱을 내려서고 있다.

중사님의 편지

연말을 앞두고 큰아들이 입대했다. 기상청 예보는 올겨울도 동장군의 기세가 만만찮을 거라고 한다. 거리에는 간간이 크리스마스 캐럴이 흐르고 외출을 나온 가족의 단란한 모습도 보인다. 둘이서 외식이라도 하자는 남편과 집에서 대충 해결했다. 식사 후 남편은 텔레비전을 켜고 나는 방으로 들어와 컴퓨터를 켠다. 아이디와 비밀번호를 누르고 로그인을 하자 아들이 있는 신병교육대가 한눈에 들어온다.

아들만 둘이지만 때가 되면 입대는 당연한 것으로 생각했다. 내심 군대라는 특수한 상황을 통해 심신이 한 단계 더 성장하기를 바랐다. 그러나 막상 춘천으로 가는 날은 추위와 긴장으로 마음마저 얼어붙었다. 잔뜩 찌푸린 하늘은 한바탕 눈이라도 퍼부을 듯한 기세였다. 머리를 깎고 와 씩씩하게 포즈를 취해 주던 전날과는 달리 뒷좌석에 앉은 아들도 말이 없다. 처음으로 자식을 군에 보내는 우리 부부도 할 말을 잃었다.

몇 년 전 아이들을 해병대 캠프에 보낸 적이 있다. 곧 중학생이 될 두 아들보다 엄마인 내가 더 의욕이 앞서던 때다. 공부도 체력이 되어야 한다는 주위 말에 귀가 솔깃했다. 여러 곳을 알아보던 중 해병대 캠프가 있다는 걸 알았다. 겨울방학을 맞아 신청하고 포항 터미널에 데려다주었다. 마중 나온 캠프 측 인솔자에게 아이들을 부탁하고 돌아서면서도 안쓰러움보다 기대가 더 컸다.

그날그날 인터넷에 올라온 훈련 장면은 생각보다 엄하고 강도도 셌다. 온몸이 진흙투성이가 되어 누가 내 아이인지 구별하기도 어려웠다. 새벽부터 조교의 구령에 맞춰 도보하고 영하의 바닷물에 뛰어들었다. 여러 명이 한 조가 되어 보트를 들고 뛰는 장면에서는 내가 더 조마조마해서 눈을 뗄 수가 없었다. 참가자 중에서 우리 집 둘째가 가장 어리고 덩치가 작았기 때문이다. 다행히 둘째는 형들 틈에 섞여 무사히 과정을 마쳤다. 그 순간 같은 팀원끼리 얼싸안고 좋아하던 모습은 내게도 잊지 못할 기억으로 남아있다.

처음 입대해서 신병교육을 받는 5주 동안에는 인터넷으로 편지 보내기가 가능하다. 물론 수신만 가능하고 답장은 받을 수 없다.

집을 떠난 아이들이 가장 힘들어하는 시기도 그때다. 가족을 비롯해 주위에서 보내는 편지가 하루에도 수백 통씩 올라온다. 그중에서도 엄마와 여자 친구의 편지가 가장 많다. 동병상련의 심정이라고 할까. 댓글을 통해 정보를 주고받거나 애틋한 마음을 나눈다. 엄마들의 편지가 눈물로 쓴 편지라면, 일명 '고무신이 군화'에게 쓴 편지는 보기 민망할 정도로 솔직하고 재미있는 내용이 많다.

어느 날 편지란에 특별한 편지 한 통이 올라왔다. 평소에도 친절하게 댓글을 달아주던 중사님이 어느 훈련병에게 쓴 글이다.

"안녕 나는 사격 교관 김 중사야. 너는 인터넷 편지가 없구나. 하지만 괜찮다. 인터넷 편지가 너의 인생을 좌지우지하는 건 아니니까. 나는 입대 후 부모님이 편지는 고사하고 면회 한 번 온 적이 없다. 연로하신 부모님께 면회 와 달라는 말을 차마 할 수가 없었지. 전우들이 면회나 외박을 나가고 없는 날이면 혼자 영내에 남아 부모님께 편지를 썼어. 지금 생각하면 외롭고 힘들었던 그 시간이 나를 더 강하게 만들어 주었다는 생각이 든다."

왜 그 생각을 하지 못했을까. 나는 아들을 군에 보내놓고 날마다 컴퓨터 앞에 진을 치고 혼을 놓고 있었다. 카페에 훈련병의 소식이 조금만 늦게 올라와도 애가 탔다. 입소한 지 며칠 지나 기수별로 단체 사진이 올라왔을 때는 그동안의 걱정과 안도감에 눈물이 앞섰다. 훈련이 힘든 건 아닌지 기분은 어떤지 사진 속의 표정부터 살폈다. 바람도 낯선 연병장에 어둠이 내릴 때면 부모 형제가 그립고, 친구가 보고 싶은 마음은 누구나 같을 것이다. 전우들이 인터넷 편지를 받고 기뻐할 때 돌아서서 밤하늘을 올려다보는 아들도 있을 것이라는 생각을 미처 하지 못했다.

이번 설에 나에게 문자를 보내준 아들 친구가 있다.

"어머니! 많이 섭섭하시죠. 형이 제대할 때까지 제가 아들 노릇을 할 테니 건강하시고 명절 잘 보내십시오."

학교가 파하면 아들은 친구들을 집으로 데려오곤 했다. 간식이라도 내놓으면 마파람에 게 눈 감추듯 먹어치우고는 집 앞 놀이터로 몰려갔다. 그중에서 유독 눈길이 가는 한 아이가 있었다. 생각하는 것이 어른스럽고 친구들을 먼저 배려하는 따뜻한 아이였다.

중사님의 편지에 댓글이 수도 없이 달렸다. 그의 세심한 마음에 대한 고마움과 훈련병을 격려하는 내용이다. 이제 장정들에게는 엄마의 한숨과 걱정보다 국방의 의무를 다하겠다는 사명감으로 젊음을 불태워야할 전우들이 더 소중하다. 군 생활이 캠프와는 비교할 수 없겠지만, 중사님과 같은 선임이 있는 한 힘들지만은 않을 것이다. 군에서는 '어머니' 라는 단어만 들어도 눈물이 난다고 한다. 내 자식이든 남의 자식이든 다 귀한 우리의 아들이다. 자식을 군에 보내 봐야 비로소 부모가 된다고 했던가. 오늘은 아들이 소속되어 있는 732기 앞으로 편지를 써야겠다.

3부

외출

합제사 合祭祀

음력 삼월 열사흘은 시부모님의 첫 기일이다. 나란히 놓인 두 분의 영정사진을 대하자 오래전에 어머님이 하신 이야기가 생각났다

"죽은 너거 시애비랑은 고향이 같았어야. 하늘만 빼꼼이 보이는 동네서 거랑 하나를 사이에 두고 살았응게. 얼굴을 워찌 봐. 그런 사람이 거기 사는 줄도 몰랐당게. 나가 열일곱 때였제. 내 외가가 쩌 소무골 아니냐. 하루는 소무골이 고향이담서 친척 된다는 사람이 찾아왔어야. 키가 쬐깐하고 얼굴이 동글납짝한 여잔디 그때는 읍내서 무신 장사를 한다고 혔지 아마. 그 양반이 몇 번 댕기쌌터

마 오매가 혼인날이 잡혔다고 하질 않것냐.

좋기는…. 때가 되문 가야 되능가 보다 혔어. 신랑이 웃마을에 사는 임씨 성을 가진 총객이라는 것도 그때 알았어야. 그러구러 가실걷이가 끝나고 이듬해 봄이 되고 혼인날이 되앗어. 근디 말이시, 신랑이 혼행을 오는 날인디 하필이면 우리 집에서 기르던 개가 새끼를 낳았지머냐. 것도 여덟 마리나. 전자부터 사람이든 가축이든 집에서 새끼를 낳으면 아무라도 출입을 못 하게 했잖혀. 그려도 혼삿날이니 워쩌겠어. 때마춤 누가 우리 오래비한테 비책을 일러준 모양이여. 삽짝 밖에 짚을 태워서 연기를 피워 올린 다음 신랑이 재를 넘고 오면 된다고. 근디 그 일을 책임지고 맡은 친정 오래비가 잠깐 한눈을 판 새 그만….

자빠지면 코 닿을 디가 친정인디 너거 큰시숙을 낳고 두 해 만에 갔어야. 저녁밥을 묵고는 오래비가 무담시 야길 끄내지 않것냐. 혼인날 그런 일이 있었다고. 첨엔 기가 맥혀서 말도 안 나오더랑게. 인자와 오래비를 원망할 수도 없는 일이고, 그려도 자슥이 생긴 거 보면 용하제. 워쩌것냐 새끼들 보며 살았제. 애기들은 시엄니한테 맡기고 눈만 뜨면 들에 나가 살았어. 참말이시 일할 때가 맴이 편했어야.

평생 가슴에 묻어두고 있던 이야기를 어머님은 왜 시집온 지 얼마 되지 않은 나에게 하셨을까.

어머님이 말한 사건의 진위를 과학적으로 가릴 수는 없다. 그러나 '부정 탔다'는 이유만으로 모진 세월을 감내해 온 당신 삶을 운명이라고 하기에는 너무 억울하다는 생각이 들었다. 아버님이 일본과 만주를 떠돌며 수년간 집을 비운 것도, 평생을 남 대하듯 하며 산 것도 다 그 때문이라던 당신은 죽어서도 지아비 옆에 묻히지 못했다. 훗날 선산을 정비해서 이장하겠다는 집안 어른의 이야기가 있었을 뿐이다. 이승의 삶을 마감하고도 묘를 따로 썼으니 부정을 타도 단단히 탄 모양이다.

한 많은 세월 지나 비로소 함께 하신 두 분이다. 이승에서 못 다한 부부의 정이 피어나기를 빌며 향을 사르고 촛불을 밝힌다. 고만고만한 증손자와 이웃사촌까지 모인 제삿날이 잔칫날마냥 홍겹다.

초례청에 든 듯 어머님이 수줍게 웃고 계신다.

외출

사월도 중순이건만 옷장 안은 겨울옷이 그대로다. 밤낮의 기온차가 심한 건지 나만 유독 추위를 타는 건지, 정리 안 된 옷장처럼 마음이 어수선한 날이다. 마침 친구에게서 전화가 왔다. 버스 편으로 나물 몇 가지를 부칠 테니 저녁 시간을 비워 놓으라고 했다. 철철이 수확한 과일이며 푸성귀를 담은 택배로 소식을 대신하더니 오늘은 정류장으로 직접 나가 찾으란다. 몇 번이나 버스 도착 시각과 차량 번호를 일러주는 그녀의 목소리가 오늘따라 더 밝다.

추억조차 일상에 묻혀버린 세월이 얼마였던가. 동부정류장이라는 말에 감회가 새롭다. 동행하겠다는 남편을 두고 혼자 집을 나섰다. 늦은 시간이라 길도 한산하겠지만 신천대로를 이용하면 금방 다녀올 거리다. 강변을 따라 펼쳐진 야경을 혼자 느긋하게 즐기고 싶은 마음도 있다. 밖에서 볼 때와는 달리 어둠은 막상 발을 들여놓자 아늑하다. 오디오를 켜고 볼륨을 높인다.

신천교에서 내려 턴을 했다. 얼마 안 가자 위용스러운 동대구역사가 한눈에 들어온다. 대구의 관문답게 화려한 불빛과 형형색색의 네온사인이 불야성을 이룬다. 주변 도로에도 어디론가 떠나고 오는 사람들로 북적인다. 동대구역을 지나 오르막에서 우회전하자 급격히 시야가 좁아진다. 인적 없는 가로의 풍경이 을씨년스러우리만치 휑하다. 한때 수많은 사람이 만나고 헤어지던 공간이라고 믿기지 않을 만큼 조용하다. 간신히 입구를 찾아 경적을 울리자 졸고 있던 바리케이드가 길을 열어준다.

삼십여 년 전에는 이곳이 포항과 대구를 오가는 유일한 관문이었다. 하릴없던 지난 시절, 내 일상의 탈출구요 숨구멍이기도 했던 곳이다. 포항으로 취직해 간 친구를 만나기 위해 일주일이 멀다 하고 이곳을 찾았다. 누가 먼저랄 것도 없이 달려가고 오던 기착지에 동부정류장이 있었다. 떠나고 싶을 때 갈 곳이 있다는 것은 얼마나 다행한 일인가. 나는 백수였고 친구는 직장을 다니고 있었으니 내가 포항으로 가는 편이 더 많았다. 주인 없는 자취방을 혼자 뒹굴거나 비릿한 바다 냄새에 시간을 절이다 오는 게 대부분이었지만, 그때는 그곳이 유일하게 갈 곳이었다.

열쇠는 거기에 있어. 밥 꼭 챙겨 먹고, 마치는 대로 올게. 언니 같은 그녀의 목소리가 지금도 귓가에 생생하다. 돌아보면 그땐 왜 그리도 막막했던지, 궁상스러우리만치 외로움을 잘 타는 나와는 달리 친구는 성격이 밝고 시원시원했다. 내가 진학 문제로 낙심하고 있을 때, 그녀는 혼자 힘으로 학업을 마치고 포항에 있는 병원에 취직했다. 이삼 년, 친구의 순탄한 직장생활과 동부정류장을 거점으로 오가던 우리의 만남은 그녀의 결혼으로 시들해졌다. 그녀답게 좋은 직장 미련 없이 버리고 사랑하는 남자를 따라 기꺼이 시골로 들어갔다. 홀시아버지 모시고 아들딸 넷 낳고 농사지으며 살아도 행복하다고 했다.

친구가 일러준 버스가 도착하려면 아직 시간이 남았다. 이따금 오가던 인적마저 뜸해지고 사방은 쥐 죽은 듯 고요하다. 시내버스 한 대가 느리게 올라와 정차한다. 타고 내리는 이 없는 문으로 하루가 닫힌다. 공연한 설움이 밀려온다. 대기실이 있는 건물로 향했다. 오랜 지기를 만나러 가듯 가슴이 콩닥거린다. 시간이 정지되기는 건물 안도 마찬가지다. 군데군데 옛 모습이 그대로 남아있다. 바깥과는 유리된 세상처럼 시차마저 다르게 느껴져 한밤중 같다. 매표소는 문을 닫았고 매점 한 곳이 불침번을 서듯 불을 밝히고 있다. 김밥과 어묵이란 선간판 사이로 패스트푸드점 하나가 이방인처럼 낯설게 서 있다.

옹색한 젊음에 자신을 묻고 배회하던 기억이 좌판 위의 백열등을 따라 일렁인다. 금방이라도 그 시절이 달려올 것만 같다. 노선이 동해와 연결되어 여름 휴가철이면 피서객으로 발 디딜 틈 없이 북적였다. 그 속 어딘가에 우리의 청춘도 있으련만 이제는 다만 추억하고 그리워할 수밖에 없는 나이가 되었다. 오늘 이곳으로 불러낸 친구의 마음도 나와 같았을까. 주변을 어슬렁거리는 내 모습이 생소했던지 매점 아저씨가 힐끔거린다. '따끈한 원두커피'라는 문구가 새삼 반갑다. 주문하자 그가 더 반색한다.

"아 옛날엔 좋았죠. 벅적벅적허니 장사도 잘되고, 지금은 도통 사람이 없어…. 막차 기다리시나 보죠?"

다 어디로 갔을까. 사람도 세월도.

딸을 키우듯

친구의 혼사가 있는 날이다. 그녀의 남편은 몇 년 전 뇌졸중으로 쓰러져 지금도 재활치료 중이다. 무더운 날씨에도 많은 하객이 와 주었다. 총무의 연락을 받고 달려온 친구는 자그마치 사십여 명이나 된다. 꿋꿋하게 가장 노릇을 하며 사위까지 보게 되니 모두가 내 일처럼 기뻐하고 축하해 주었다. 자주색 한복을 곱게 차려입고 남편을 부축해 혼주석에 앉은 친구가 자랑스럽다.

신랑 신부가 양가 부모님께 절을 하는 순서다. 사위가 뚜벅뚜벅 걸어가더니 무릎을 꿇고는 장인 앞에 등을 내민다. 당황해하며 한사코 손을 내젓는 장인 장모와 기어이 업겠다는 사위, 일순 식장 안이 조용하다. 드디어 사위가 몸도 제대로 가누지 못하는 장인을

업고 벌떡 일어서자 실내엔 박수와 환호가 쏟아졌다. 객석에서 훌쩍거리는 소리가 들린다. 나도 눈시울이 뜨거워진다.

동창회를 방불케 하는 피로연에서 누군가 50대에 없어서는 안 될 세 가지가 친구, 돈, 딸이라고 한다. 친구나 돈도 마음대로 안 되는 터에 딸은 오죽할까. 키우는 재미도 딸이 낫다는 친구는 요즘 외손녀 재롱에 빠져 있다. 다 큰 남자의 재롱도 볼 만하다고 너스레를 떨어보지만 은근히 그 친구가 부럽다. 아들을 낳지 못하면 대가 끊긴다 하여 칠거지악으로 여기던 시절이 과연 있기나 했는지. 연세가 칠십인 시댁 쪽 친척은 지금도 나를 보면 딸을 낳으라니 난감하다.

딸 둘이면 금메달, 딸 아들 다 있으면 은메달, 아들만 둘이면 목메달이라는 유머가 있다. 남편과 두 아들 사이에서 점점 목소리가 굵어지는 나와는 달리 딸을 둔 친구들은 갈수록 젊어진다. 웬만한 옷은 딸과 같이 입는다며 더 세련되고 예뻐졌다. 젊어서는 옷을 나누고 나이가 들어서는 친구처럼 의지하며 마음을 나누겠지. 쓸쓸한 노년에도 딸은 종달새처럼 지저귀며 다정한 말벗이 되어 주리라.

책이 귀하던 시절, 담임선생님께서 구해온 위인전과 동화책은 더없이 귀한 선물이었다. 교실에 남아서 읽는 '알프스 소녀 하이디'는 사춘기 계집아이의 유일한 친구였다. 실내가 어둑해지고 운동장에서 들려오던 친구들 소리도 끊어지면 그제야 걱정하고 있을 엄마 생각에 마음이 바빴다. 콩닥거리는 가슴으로 교문을 나서면 맞은편 산등성이와 들판은 붉은 노을로 물들어가고 있었다.

글을 쓰게 될 줄은 몰랐지만, 그때의 노을은 가슴에 화인처럼 남아 따라다녔다. 길에서, 집에서, 혹은 차를 타고 가다가도, 장소는 다르지만 그 시간만 되면 이유 없이 한숨이 나오고 눈가가 젖어들었다. 그러기에 꿈은 완전히 없어지거나 사라지는 것이 아닌 모양이다. 순서가 바뀌거나 잠시 유보될 뿐이다. "그립고 아쉬움에 가슴 조이던 젊음의 뒤안길에서 돌아와 거울 앞에 선" 나이에 보물처럼 숨겨두었던 꿈을 꺼내 도전하는 사람들을 보면 아름답다는 생각마저 든다.

꼽아 보니 수필을 만난 지도 얼추 십 년이 되어 간다. 소심한데다 끈기마저 없어 머뭇거리다 반을 보냈다. 미련을 버리지 못하고 어정쩡하게 허비한 세월까지 합하면 나의 글쓰기는 이제 시작이라고 자위해 본다. 수필 쓰기가 자기 성찰인 동시에 세상을 향한 열린 시선을 갖는 것이라면 더욱 그렇다. 이제부터 세상과 사람을 통해 배우고 나눠야 할 것이 많기 때문이다. 그러니 나의 시작은 늦은 것이 아니라 빠른 것이다.

글밭을 가꾸다 보니 딸을 키우듯, 엄마의 정성을 기울여야 함을 느낀다. 딸의 행복을 위해 기도하던 내 어머니처럼 부지런히 수필의 정원을 깎고 다듬을 것이다. 별빛 고운 밤이면 옛이야기 들려주고 바람 부는 날이면 함께 길 나서보리라. 새록새록 자라는 딸을 보듯, 날마다 윤기를 더해가는 머리를 빗어주듯 긴 여정을 함께할 딸과 같은 수필을 만났으니 나의 노년은 외롭지 않겠다.

집으로 오는 길

생솔가지로 만든 달집이 노천 가운데 우뚝하다. 저마다 소원을 적어 매달아 놓은 아랫단이 무명천을 둘러놓은 듯 희다. 혹한에도 아랑곳없이 두루마기자락을 너풀거리며 제를 올리는 제관들의 모습이 경건하고도 신령스럽다. 꽹과리 소리가 신들린 듯 빨라지더니 이윽고 검은 연기와 함께 불길이 솟구친다. 주변과 다리 위에서 지켜보던 사람들이 일제히 환호성을 지른다. 정월 밤바람은 살을 벨 듯 차가웠지만, 한 해의 건강과 풍요를 비는 가슴들은 뜨거웠다.

무태 일원에서 열리는 '달집태우기' 행사를 보러 갔다. 창밖으로 떠오르는 달을 보며 소원을 빌었어도 직접 참여하기는 처음이라는 친구들과 의기투합하여 나선 길이다. 미리 식구들의 저녁상을 봐두고 10시까지는 돌아올 테니 걱정하지 말라는 메모도 남긴 터다. 행사장 주변은 리어카 상인과 구경 나온 사람으로 북새통을 이루었다. 풍물패의 흥겨운 공연과 연신 쏘아 올리는 폭죽과 시골 장터 같은 볼거리가 재미를 더했다.

삼동三洞이 모여 사는 고향 마을에서는 명절 끝에 노래자랑이 열렸다. 주최는 청년회에서 했다. 마을 공터에 무대를 설치하고 안내문이 담벼락에 나붙기 시작하면, 언니 오빠들이 더 설레는 것 같았다. "아아, 마이크 테스트, 원 투 쓰리 아 아" 하는 소리가 온 동네에 울려 퍼지면 우리도 엉덩이가 들썩거렸다. 아버지가 허락해 줄 리도 없지만, 몰래 구경을 가더라도 돌아올 때가 문제였다. 틀림없이 아버지가 대문 앞에서 지키고 계시기 때문이다. 그렇다고 그 재미난 구경을 포기할 수는 없었다. 노래자랑이 끝나기도 전에 혼자 집으로 돌아올 때면 대문 앞에서 기다리고 있을 아버지가 무서우면서도 한편 마음이 놓였다.

어느덧 달이 중천을 지나고 달집의 불길도 사위어 가자 인파도 하나둘 귀가를 서둘렀다. 준비해 간 간식과 주최 측에서 나누어준 두부로 우리 뱃속도 보름달처럼 찼다. 누군가 운동 삼아 걸어서 가자고 했다. 강변을 따라 이삼십 분만 걸으면 우리가 사는 동네가 나온다고 했다. 춥고 다리도 아파 택시를 타고 싶었지만 벌써 두 친구가 앞장서 걷고 있었다. 인적 없는 밤길이 무섭긴 했지만, 만월이 내려앉은 강변을 따라 걷는 기분은 생각보다 좋았다. 언제 또 이런 길을 걸어보랴. 가까운 제방 위로는 자동차들이 쉴 새 없이 오가고 보름달이 호위무사처럼 따라오니 한결 마음이 놓였다.

한참 걷다 보니 저만치 자동차 불빛 같은 것이 보였다. 그런데 가까이 갈수록 느낌이 이상했다. 자동차 시동을 걸어 둔 채 한데서 모닥불을 피우고 있었다. 건장한 그림자가 비치는 것 같았다. 순간 왜, 텔레비전에서 보았던 끔찍한 사건이 생각났을까. 신기하게도 그 짧은 시간에 네 명이 모두 똑같은 생각을 했다는 것이다. 한 친구가 "뛰자!"는 말에 누가 먼저랄 것도 없이 둑으로 방향을 틀었다. 죽창 같은 나무뿌리에 걸려 넘어지고 미끄러지면서 둑 위로 올라왔을 때, 우리는 안도하며 서로의 몰골에 웃음을 터뜨렸다. 그들이 바람 쐬러 나온 선량한 가족이거나 데이트하는 청춘남녀일 수도 있다는 생각을 하면서도 순간의 판단과 선택을 후회하지 않았다.

번잡한 세상과는 무심하게 중천에 뜬 보름달이 저 홀로 고고하다. 어쩌다 사람이 사람을 무서워하는 세상이 되었을까. 질주하는 차량 사이를 걸으며 강 건너 빤히 보이는 내 집이 천 리 길처럼 아득하게 느껴졌다. 예전에는 낯선 길을 걸어도 사람이 두렵지는 않았다. 무서움의 대상은 짐승이거나 공동묘지, 몽달귀신 정도였다.

현관문을 열고 들어서자 따뜻한 집안 공기와 손때 묻은 살림살이가 새삼 반가웠다. 돌아올 집이 있다는 것은 얼마나 감사한 일인가. 분망한 하루를 접고 가족이 기다리는 집으로 오는 길은 언제 어디서라도 안전하고 멀지 않아야 한다.

돌아오기 위해 떠난다는 말처럼 어릴 때나 지금이나 내 삶은 집으로의 회귀였다. 아버지가 기다리던 집, 사랑하는 가족이 기다리는 집이다. 무사히 하루를 마치고 온 가족이 저녁 식탁에 마주앉은 소박한 그림은 내가 꿈꾸고 바라던 '가정'의 모습이 아니던가. 무심결에 살아온 하루하루가 얼마나 소중한지를 깨달았다.

아직 아이들이 귀가 전이다. 나는 주섬주섬 옷을 챙겨 입고 문밖을 서성거린다.

김치를 담그며

부산스러운 아침이다. 싱크대 위에는 아침 시장에서 사 온 채소와 양념이 널려 있다. 어제 내린 비로 키가 한 뼘이나 자랐다는 열무는 싱싱하다 못해 당장에라도 밭으로 돌아갈 기세다. 아침부터 김치를 담그겠다고 수선을 떠는 소리에 자리에서 일어난 남편이 뜨악한 표정을 짓는다.

"시골 형수님께 전화해서 물어보고 하지."

잠결에도 저런 말이 나올까. 도와주지는 못할망정 전의를 꺾어 놓는 한 마디에 슬그머니 오기가 생긴다. 전화로 물어볼 일이 따로 있지, 이게 어디 될 일인가.

며칠 전, 남편이 입맛이 없다며 열무김치를 찾았다. 잘 익은 열무김치에 고추장 넣고 밥을 쓱쓱 비벼 먹으면 기운이 날 것 같다며 입맛까지 다셨다. 모처럼 하는 말인 데다 식성도 좋은 편이 아니라 신경이 쓰였다. 혹시 남은 거라도 있을까 싶어 냉장고를 뒤져 봐도 하필 열무김치만 없다. 생각 끝에 직접 담가 보기로 했다. 이론상으로는 논문을 써도 될 터, 눈앞엔 벌써 붉은 고추 듬성듬성 갈아 넣은 잘박한 국물에 파릇한 열무가 어른거렸다.

옛부터 음식이라면 남도라는데 시집이 전라도 하고도 여수다. 손맛 좋기로 둘째가라면 서러워할 윗동서 두 분도 그쪽이 친정이다. 지레 주눅이 들었다고나 할까. 때맞춰 보내주는 김치며 밑반찬은 주부로서의 내 입지를 위축되게 만들었다. 자주 해보지 않으니 솜씨가 늘지 않고 솜씨가 없으니 외면당하는 악순환의 반복이었다. 남편이야 태생부터 길든 입맛이라 그렇다지만 도시에서 나고 자란 아이들까지 등을 돌렸다. 하긴 누구라서 그 유혹을 이길까. 수수함에서 우러나는 깊고 담백한 맛은 내 입에도 환상적이었다.

시골서 택배가 오는 날은 식구들이 시댁 밥상에 둘러앉은 표정이다. 입이 즐겁고 행복해지는 날이다. 모처럼 눈에 빛을 발하며 다가앉는 그이 곁에 나도 바싹 의자를 붙인다. 아까 형님이 전화로 하던 이야기를 들려주기 위해서다.

갓을 절여 놓고 깜빡 잠이 드셨다나. 김치가 짤지도 모르니 그리 알고 먹으란다. 배추 겉절이는 마산댁이 한 주먹 주기에 무쳤고 보리새우는 당숙 아재가 직접 잡아 온 것을 볶았으니 맘 놓고 먹으라고. 아가사리 젓갈은 아재(남편)가 제일 좋아하는 거라 첫차로 여수장에 가서 사 왔단다. 입맛 없을 때 서너 젓가락 꺼내 놓으면 좋아할 거라는 귀띔까지. 고향의 부드러운 햇살과 바람을 먹고 자란 재료와 형님의 오랜 내공으로 빚어낸 깊은 맛을 어떻게 전화로 물어보느냐고 말이다.

여태 제대로 된 김치 맛을 보여준 적은 없으나 나도 할 말은 있다. 고향 떠나온 지가 언젠데 아직도 옛날의 그 맛을 기억하고 있으니 말이다. 무슨 음식이든 양념이 많은 건 질색이니 나 같은 사람이 무슨 재주로 맛을 낼까. 어찌 보면 단순하고 쉬울 것 같은 그의 식성이 내겐 여간 까다로운 게 아니다. 그의 미각은 아직도 동지섣달 독에서 금방 꺼낸 동치미 맛에 머물러 있는지 모른다. 그래서 양념을 절제할수록 맛이 살아난다는 그의 주장과 양념 없이 그 맛이 나겠냐는 나의 견해가 종종 충돌을 일으킨다. 내가 양념이라도 되는 양 항변을 한다.

요리 잘하고 살림 잘하는 주부가 부럽다. 직장 다니며 자식까지 번듯하게 키워 놓은 사람은 존경스럽다. 가정이라는 요리에서 남편이 주재료라면 아내는 양념일 것이다. '세상'이라는 뜨거운 햇살과 비바람에도 좋은 재료가 되어준 그에 비해 나는 턱없이 부족한 양념이었다. 한때는 양념의 변신이니 주재료를 능가하는 양념의 진화 같은 걸 꿈꾸었지만, 역부족이란 걸 알았다. 재주를 탓하며 노력마저 게을리하였다. 하나의 안전하고 맛있는 요리를 만들기 위해서는 재료와 양념이 적절하게 배합되어야 한다. 살아갈수록 담백하고 깊은 맛이 우러나기를 바라는 그의 마음을 이제 알 것 같다.

부적

바닥에 벌렁 누웠다. 몇 시간을 컴퓨터 앞에 앉아 용을 썼더니 눈이 침침하고 어깨가 무직하다. 힘을 빼고 대자로 누워있으니 딱딱한 바닥이 이렇게 시원하고 편할 수가 없다. 천정과 바닥 사이가 우주처럼 넓고 아득해 보인다. 이리저리 몸을 움직이다가 책상 밑에서 시선이 멈춘다. 노란 한지에 붉은 글씨가 그림처럼 그려진 부적이다. 이사 올 때 붙여놓은 것일 텐데 그대로 있다. 몇 년이 지났는데도 색상이 선명하다.

예전에는 이사를 해도 그냥 하지 않았다. 방향과 날짜를 알아보고 길일을 택해 했다. 어쩔 수 없이 해야 할 때는 액운을 물리칠 방도를 찾았다. 미리 밥솥만 옮겨 하룻밤을 재우는가 하면 쑥을

태우는 등, 주위에서 들은 방법만도 몇 가지가 있다. 부적도 그중 하나다. 이사 갈 집과 가구에 붙여놓음으로써 위안이 되었다. 남편이 사업장을 옮길 때나 자동차를 바꿀 때, 아이들의 대학입시를 앞두고도 그렇게 했다. 가족이 건강하고 무탈하기를 바라는 마음에서 정초에는 신수를 보고 필요하면 식구들도 부적을 지니게 했다.

내가 그렇게 할 수 있었던 것은 한 고향 친구와의 인연이 컸다. 궁금해하던 그녀의 소식을 들은 건 내가 결혼하고 얼마 되지 않아서다. 학창 시절에는 누구보다 공부를 잘하고 머리가 뛰어난 친구였다. 십 년을 훌쩍 넘기고 들려온 소식은 뜻밖이었다. 여느 친구들처럼 결혼해서 잘살고 있을 거라 여겼는데, 무슨 까닭에선지 절에서 생활하고 있다고 했다. 수소문 끝에 있는 곳을 알아서 찾아갔다. 내가 결혼하고 새로운 꿈에 부풀어 있을 때, 그녀는 먼 길을 돌아온 사람처럼 기도와 공부를 하며 수행자와 같은 삶을 살고 있었다.

친구는 종교에 관한 지식뿐만 아니라 사주 명리학에도 해박한 식견을 가지고 있었다. 남편이 사업을 하는 나는 걱정과 궁금한 것이 많았고, 그런 이야기를 터놓고 할 수 있는 상대가 친구라는 사실을 다행스럽게 생각했다. 만나는 횟수가 많아질수록 그녀는 친구 이상의 존재로 자리 잡았다. 죽마고우라는 서로에 대한 믿음과 사주풀이를 통한 조언은 남편의 사업에도 큰 도움이 되었다. 그 후로 나는 무슨 일이 있을 때마다 친구를 찾아갔다. 그녀의 소탈한 성격과 진심 어린 응원도 큰 힘이 되었다.

아버지가 안 계신 어느 날이었다. 새벽에 소변이 마려워 마당에 나왔다가 부엌에서 새어 나오는 불빛을 보았다. 가까이 가서 보니 어머니가 아궁이 앞에 무언가를 놓고 빌고 있었다. 나중에 어머니께 물어봤더니 베를 짜는 도구인 '도투마리'라고 했다. 일 때문에 울릉도에 가신 아버지께서 돌아올 날짜가 훨씬 지났는데도 오지 않자 애가 탄 어머니는 그걸 놓고 빌면 아버지가 무사히 돌아올 거라는 이야기를 듣고는 구해 왔다고 했다. 아버지는 얼마 후 풍랑이 멎어 돌아왔지만, 어머니는 한동안 도투마리가 영험한 물건이라고 믿었다.

믿음은 대상이 아니라 믿는 사람의 마음 자세가 아닐까. 당신은 올해 아주 운이 좋다는 말은 상대에게 용기를 주고 기운을 북돋워 날개를 달아주는 격이다. 실제로 그 말은 초창기 남편에게 자신감을 가지고 의욕적으로 사업을 추진하는 자극제가 되었다. 그러면 된 것이다. 운세가 좋지 않게 나오더라도 돌다리도 두드려 보고 건너듯이 신중하라는 뜻으로 받아들인다. 나부터 조심하면서 식구들에게도 한 번 더 주의를 시킴으로써 자세를 낮추고 주위를 살피는 계기로 삼았다.

새해가 되면 신수 못지않게 중요한 것이 일 년 계획을 세우는 일이었다. 실천 가능한 목표를 적어 부적처럼 붙여 두고 노력과 정성을 기울였다. 빈손으로 시작해 하나씩 이루어 가는 기쁨은 지금 누리는 여유와는 비교할 수 없는 소중하고 값진 것이었다. 한 해 한 해 목표한 만큼 꿈이 이루어지고 새순에 물오르듯 아이들이 자라던 그때가 우리에겐 봄날이요, 행복한 시절이었다. 그러니 부적의 힘이라고 믿으면 되는 것이다.

이제는 그때만큼 부지런을 떨지 않는다. 열정이나 간절함이 줄어든 탓도 있겠지만 그보다 뒤를 돌아볼 나이가 되었기 때문이다. 부적을 지니지 않아도 그만한 믿음이 생기는 것은 살아오는 동안 다양한 경험을 통해 일의 전후를 살필 수 있는 눈이 뜨였기 때문이기도 하다. 세상은 더불어 살아간다. 지혜롭게 잘 사는 방편은 결국 사람들과 나 자신에게 있을 것이다. 오랫동안 좋은 관계를 유지하면서 덕담과 용기를 주는 사람도 고맙지만, 한때 우리를 어려움에 부닥치게 했던 이에게도 감사하고 싶은 마음이다. 시련이 있었기에 겸손해하는 법을 배웠고 조그만 행복에도 감사하는 마음을 가지게 된 것이다.

지금도 정초가 되면 신수를 보러 간다. 화목한 가정을 꾸리고 한 해를 잘 살아야겠다는 마음가짐이다. 다만 이제는 친구가 궁금하고 보고 싶은 이유가 더 크다. 맑은 찻잔을 앞에 놓고 어린 시절로 돌아가기도 하고 친구가 들려주는 깊은 이야기에 귀를 기울이기도 한다.

글귀가 '입춘대길 만사여의형통'이라고 적혀 있다. 입춘을 앞두고 친구가 우리 가정이 건강하고 화목하기를 바라며 써 준 것이리라.

일어나 부적을 단단히 고정한다.

이 산이 아닌가벼

내가 다니는 한 단체에서는 해마다 가을소풍을 간다. 도심 속 교실에서 벗어나 자연을 찾아 힐링하는 날이다. 회원이 주부들이다 보니 모처럼 가정에서 해방되는 날이기도 하다. 날짜와 장소 등, 일정에 관한 사항은 선생님과 임원진에서 결정한다. 회의 끝에 10월 24일 목요일, 전북 순창에 있는 강천산으로 낙점되었다. 호남의 금강산으로 불릴 만큼 산세와 단풍이 아름답기로 소문난 곳이다. 소풍을 한 달 앞두고 회원들에게 공지했다.

올해는 유달리 수업이 있는 목요일과 빨간 날이 겹치는 날이 많다. 이번에도 추석과 개천절이 쉬는 목요일이라 홍보 기간이 짧다는 게 문제다. 어쨌거나 버스는 예약해 놓은 상태, 추석 연휴가 끝나고 오자마자 신청을 받았다. 첫날 25명이 신청했다. 의외다. 소풍까지 두 주밖에 남지 않았는데 두고 보자는 회원이 많다. 버스 두 대를 예상했던 임원진에서는 당황했다. 한 대가 찬다 하더라도 전체의 삼 분의 일밖에 되지 않는다. 되도록 많은 회원이 참석해서 즐겁게 하루를 보내다 오는 것이 행사를 추진하는 목적이다.

당장 긴급회의가 열렸다. 누구보다 선생님이 난감해했다. 가뜩이나 빨간날이 많은 터에 소풍 때문에 또 하루 문을 닫아야 하는 상황이 부담스러운 눈치다. 회원들에게는 하나의 취미라고 할 수 있는 일이 그에게는 생활이 걸린 직업이라고 생각하니 공감이 갔다. 의견이 분분했다. 회원들을 독려해 신청자를 늘리자는 의견과 아예 날짜를 변경하자는 의견이 나왔다. 아무래도 전자는 어려워 보였다. 시간이 촉박할 뿐 아니라, 회원들에게 일일이 가부를 물어보기가 쉽지 않은 일이다. 고심 끝에 11월 3일, 일요일로 날짜를 바꾸었다. 수업하고는 무관한 날이니 못 가는 회원도 크게 불만이 없을 것이라는 생각에서다. 지체할 시간이 없다. 다음 날 아침 120여 명의 회원에게 다시 문자를 보냈다. 카페에도 간단한 사유와 함께 날짜를 수정해서 올렸다.

아침부터 총무 전화기에 불이 났다. 오죽하면 그녀 입에서 "머리 뚜껑이 열리는 줄" 알았다고 하소연이 나왔을까. 애교 섞인 항의에서부터 "이건 아니지"라며 처음 정한 날짜대로 밀고 나가야 한다는 회원의 전화가 빗발쳤다고 했다. 그렇잖아도 예식이며 행사가 많은 계절에 일요일은 시간 비우기가 더 어렵다는 것이다. 억지로 시간을 비워 둔 회원은 예고도 없이 바뀐 날짜에 황당해했다. 예상보다 큰 반발에 임원들도 당황했다. 안방에 가면 시어머니 말이 옳고 부엌에 가면 며느리 말이 옳다더니 듣고 보면 다 맞는 말이다. 처음부터 신중하지 못했다는 후회에 마음이 무거웠다.

우스갯소리지만 나폴레옹이 병사들과 알프스 산을 넘는 중이었다. 추위와 굶주림에 지친 병사들과 정상에 올라간 나폴레옹이 "어 이 산이 아닌가벼."라고 했단다. 허탈해하는 병사들을 다시 이끌고 죽을힘을 다해 옆에 있는 산에 오른 나폴레옹이 이번에는 "어라 아까 그 산이 맞나벼" 했다니.

어느 조직이든 리더의 역할과 판단이 그만큼 중요하다는 이야기일 것이다. 잠시나마 회원들을 혼란케 한 임원 중에 한 사람이 나였으니….

비 오는 날의 모놀로그

대구 20밀리, 겨울비치고 많은 양이다.

두 아들이 있는 전방 부대에는 지금 눈이 올까, 비가 올까.

어떤 시인은 '폭설에 발이 아니라 운명이 묶였으면' 이라고 했지만, 나는 지금 운명이 아닌 발이 묶여 창가를 서성거리고 있다. 우울한 기분을 떨쳐버리려고 라디오를 켜다가 때마침 흘러나오는 나카무라 유리코의 Long Long Ago에 볼륨을 높인다. 바이올린과 첼로의 부드러우면서 진한 음색이 비와 잘 어울리는 선곡이다. 흐르는 선율에 맞춰 수직으로 낙하하는 빗줄기를 보면서 생뚱맞게도 예전에 들었던 질문 하나가 생각난다.

비는 몇 도게?

저녁 약속이 있다는 식구들의 전화를 받으면서 나도 외출해야겠다는 생각이 들었다. 찬거리로 꺼내 놓았던 생선과 야채를 다시 냉장고에 넣으면서 머릿속이 바빠지기 시작했다. 친구에게 전화할까, 아니면 어디로 나갈까, 뭘 하지? 손에 들어온 먹이를 놓고 행복해하는 고양이처럼 머리를 굴려보지만 실은 그런 게 중요하지는 않다. 지금 내게 주어진 몇 시간이 자유라는 것과 비가 온다는 사실이 마냥 설레었다. 349번 버스를 타고 시내로 나가 거리를 활보하다가 교보문고쯤 들러 랜덤으로 몇 권의 책을 뽑아 오는 것도 해보고 싶었던 일이다.

밖은 이미 퇴근 차량이 꼬리를 물기 시작했다. 차들이 가다 서다를 반복하며 뿜어내는 연기와 빗물에 반사된 불빛과 어디론가 걸음을 재촉하는 사람들의 표정이 어우러져 또 다른 활기가 넘친다. 그들이 일과를 마치고 집으로 향하는 이 시간은 종일을 멀겋게 보낸 나와는 그 무게와 색깔이 분명 다를 것이다. 일터로 혹은 학교로 나간 가족이 무사히 '하루'라는 임무를 마치고 귀환하는 개선장군이라면, 나는 그들이 들고 올 승전보나 전리품을 기다리는 노장쯤이나 될까.

큰아들은 입대하기 전까지 서울에서 생활했다. 대학 입학을 한 달 앞두고 돌연 마음이 바뀌어 입학금을 내 통장으로 환불받아 주고는 상경했다. 그 후로 입대하기 열흘 전까지, 이 년이 조금 안

되는 기간이었다. 밥은 먹고 다니는지 빨래와 청소는 어떻게 하는지 한 달에 한 번꼴로 서울에 갔다. 처음 일 년간 아들은 학원에 다니고 있었는데, 나는 아들의 자취방으로 가지 않고 대치동 학원 근처로 가서 기다렸다. 거대한 빌딩 숲 뒤에 있는 그곳은 식당이 즐비했다. 내가 도착하는 시간이 거의 점심때였으므로 늘 사람들로 북적거렸다. 하나같이 무표정한 사람들. 간혹 이른 시간에 아들 또래의 남녀가 팔짱을 끼고 24시간 해장국집으로 들어가는 모습도 띄었다.

갈 때마다 비가 내린 것은 무슨 조화였을까. 고속도로를 달릴 때만 해도 멀쩡하던 하늘이 서울 시내로 들어서면 거짓말처럼 껌껌해지고 비가 내렸다. 도착할 시각에 맞춰 남편이 전화하면 나는 매번 비가 온다고 투덜거렸다. 낯선 곳에서 비를 만나는 것은 객지에서 날이 저무는 것만큼이나 서글프고 막막한 일이다. 사람들은 옷깃을 세우고 총총히 사라지고 그럭저럭 나도 대구로 내려와야 할 시간이면 발길이 떨어지지 않았다. 당장 같이 내려가자고 하고 싶지만 그럴 수도 없는 노릇이었다. 웃으며 브이 자를 그려 보이는 아들의 모습이 백미러에서 멀어지면 나는 한쪽 구석에 차를 세워 놓고 울었다. 댄서가 꿈인 아들도, 도무지 마음을 놓을 수 없는 서울이라는 도시도, 비도 슬펐다.

상수도가 없던 시절, 엄마는 비가 오면 처마 밑에 양동이를 몇 개씩 받쳐 놓고 빗물을 받았다. 빗물로 빨래하면 때가 잘 빠진다고 했다. 물이 금방 차서 집에 있는 양동이가 총출동할 때도 있었다. 마당에는 물수제비가 둥둥 떠다니고 부엌에서는 엄마가 수제비를 끓이고 있었다. 마루에 앉아 양동이마다 철철 차고 넘치는 빗물을 보고 있으면 우리 집이 부자가 된 것 같았다. 날이 개면 엄마와 나는 그 물로 빨래도 하고 머리도 감고 마당 설거지도 했다. 하지만 비가 오는 날은 절대로 머리를 감지 못하게 하셨다. 시집가는 날에도 비가 온다고.

실은 비 오는 날보다 바람 부는 날이 더 좋다. 바람은 감성을 꼬드기는 선수다. 잿빛 하늘이 살짝 내려앉아 흐리기라도 하면 금상첨화다. 그런 날은 무딘 내 가슴에도 바람이 불어 동네라도 한 바퀴 걸어야 한다. 계절마다 바람의 색깔과 냄새가 다르겠지만, 오월이나 시월의 청신한 바람을 맞고 있으면 삶의 원기가 꿈틀거리며 힘이 났다.

그런데도 살아오면서 기억할 만한 날에는 비가 내렸다. 여러 번의 이삿날과 아이들의 입학과 졸업식 날에도 우산을 쓰고 찍은 사진이 많다. 처음 피아노를 사고 집에 들이기로 한 날도 비가 왔다. 오전에 오기로 한 피아노는 오후로 미뤄졌다가 결국 다음날이 되어서야 왔다. 기다리다 지친 아이들은 빗물처럼 통통거리고 소리를 내는 악기는 비와 상극이라는 사실을 그때 처음 알았다. 처음 수필 교실을 찾아가던 날도 비가 왔다. '해는 져서 어두운 데' 빗길에 집을 나서는 내게 남편은 걱정스러운 얼굴로 다음에 가면 안 되느냐고 했다. 그의 말대로 그때 등록을 하지 않고 미루었다면 지금 나는 뭘 하고 있을까.

상념에 잠긴 사이 버스는 역후 파출소를 지나 대구역 정류장에 멈춰 섰다. 버스에서 내린 사람들이 우산을 펼치며 불빛 속으로 멀어진다. 한 남학생이 우산도 없이 서 있다. 다른 버스를 기다리나 보다 하면서도 자꾸 신경이 쓰인다. 추적추적 내리는 비 따위는 아랑곳없이 폐지를 싣고 가던 아저씨가 수레를 세우고 담뱃불을 붙인다. 고단한 하루 끝에 피워 올리는 담배 한 모금….

마른 날이라면 스쳐 지났을 풍경일지도 모른다. 아무래도 나는 엄마 몰래 머리를 감았나 보다.

아! 비는 오도다.

4부

어떤 내조

갱신

가을비가 부슬부슬 내리는 오후, 운전면허 시험장을 찾았다. 백수가 과로사한다고 사흘밖에 남지 않은 운전면허증을 갱신하기 위해서다. 도착할 때가 오후 두 시였는데 번호표가 973번이다. 앞서 많은 사람이 다녀갔고 지금도 70명의 대기자가 있다.

이십 년 전이나 지금이나 응시자가 이렇게 많다는 사실이 놀라웠다. 서류를 들고 창구를 기웃거리는 사람, 질문하는 사람, 대답하는 직원, 팔짱을 낀 채 번호판을 주시하는 사람, 가방을 둘러맨 학생부터 연세 든 사람까지 실내가 복잡하다. 운전이 선택이 아니라 필수라는 말이 실감났다. 응시자 중에는 미리 면허증을 취득해 놓기 위해 온 사람이 있는가 하면 생계를 위한 수단으로 온 사람도 있을 것이다. 번호표 아래 합격을 기원한다는 문구에 마음을 보탠다.

안내에서 접수 용지를 받아 몇 가지 신상 정보를 적고 사진을 붙였다. 진즉에 사진이라도 새로 찍어둘걸. 같은 사진을 또 붙여 놓고 보니 반쪽짜리 갱신 같아 기분이 찜찜하다. 내가 가지고 있는 2종 보통면허는 적성검사 없이 수수료만 내면 된다고 한다. 간단해서 좋기는 하지만 형식에만 그치는 게 아닌가 싶다. 이삼십 분 기다리면 새 면허증을 받을 수 있다는 직원의 말에 커피 한 잔을 뽑아 밖으로 나왔다. 비에 젖어 함초롬한 시험장이 한눈에 들어온다. 오르막과 내리막, S코스와 T코스…. 한때는 태산처럼 높아 보이던 곳이 집 앞 놀이터처럼 낮고 아기자기해 보인다.

문득 나와 비슷한 시기에 시험을 쳤던 형님이 생각난다. 그 시절만 해도 여성 운전자가 흔치 않은 때였다. 죽은 듯이 살림만 하던 형님이 무슨 용기로 원서를 냈을까마는 학과시험부터 번번이 낙방의 고배를 마셨다. 학원에서는 곧잘 하던 것도 시험장에만 들어가면 다리가 후들거리고 심장 박동이 빨라진다고 했다. 급기야 운전대를 잡으면 눈앞에 펼쳐진 길이 살아갈 일처럼 막막해 보이고 신호등은 아주버님이 하루에 비워내는 막걸리병 숫자만큼이나 많아 보이더라고 했다. 지금은 식당을 운영하며 시장을 누비고 다닐 만큼 운전 실력이 늘었지만, 그때는 구겨진 자존심과 식구들 볼 생각에 쥐구멍에라도 들어가고 싶은 심정이었다고 한다.

그 후로 시험장에 갈 때마다 우황청심환을 챙겨 갔다던 형님, 약국에서 일러준 복용법을 외우다시피 하고도 정작 효과를 보지는 못했다. 한 번은 약효가 늦게 나타나는 바람에, 한 번은 과다복용으로 낙방했다. 인지 붙일 자리가 모자라 종이를 덧대 걸레처럼 너덜거리던 수험표를 운전면허증으로 바꾸던 날 우리는 삼겹살 구워 축하 파티를 했다. 그리고 다음날 식구들 모르게 88고속도로를 달려 광주에 있는 친정에 다녀왔다는 형님의 무용담은 우리를 또 한 번 놀라게 했다.

나도 예외가 아니었다. 학과시험을 두 번 만에 통과하고 실기시험 치는 날이었다. 잘하고 오라는 남편에게 큰소리치고 왔지만, 갈수록 긴장감이 더했다. 초여름 날씨에 한기가 들고 화장실은 다녀와도 또 가고 싶었다. 당장 운전이 급한 것도 아닌데, 젖먹이 두 아이를 어머님께 맡겨두고 뭐하는 짓인가 싶은 생각도 들었다. 그러나 후회해도 소용없는 일이었다. 수험번호를 부르는 소리에 떨리는 가슴으로 시험장을 향했다. 두 번 만에 취득한 운전면허증, 그것은 내게 유일한 자격증이며 또 다른 세상으로 나가는 관문이었다.

지금은 자격증 시대다. 주위에도 자격증을 몇 개씩 취득한 사람이 있다. 내가 가진 자격증은 운전면허증 하나다. 하지만 내게는 그 어떤 것보다 소중한 것이다. 아이들이 아파 급히 병원을 갈 때나 시댁과 친정을 남편 도움 없이 자유롭게 왕래할 수 있었던 것은 운전을 할 수 있기에 가능했던 일이다. 그뿐인가. 아이들의 등하굣길, 엄마를 모시고 병원 가던 길, 친구와 오붓하게 나들이를 가거나 마음이 울적해서 홀로 길을 나설 때도 면허증이 있었기에 든든했다.

'초보운전'을 붙이고 처음 도로에 나갔던 때가 생각난다. 세상이 달라 보였다. 서툰 솜씨로 흐름에 편승하지 못하고 얼쩡대다가 욕을 먹기도 했다. 하지만 안전운전과 교통법규를 지키려고 애를 썼기에 사고는 없었다. 오히려 운전이 숙달된 지 몇 년 후에 사고를 냈다. 자신감이 붙어 방심한 것이 이유였다.

내 운전 솜씨는 아직도 매끄럽지 못하다. 과속으로 위반 딱지가 날아오고 급브레이크를 밟고 정지선에 겨우 멈추기도 하며 차간거리를 유지하지 못해 놀란 가슴을 쓸어내릴 때도 있다. 급하다는 이유로 멈출 때 멈추고 적정속도를 지켜야 하는 기본조차 잊고 살 때가 많다.

살아가는 일도 마찬가지가 아닐까. 먼지를 일으키며 비포장도로를 달리기도 하고 가파른 언덕을 오르다 시동이 꺼지기도 한다. 성능 좋은 자동차를 타고 탄탄대로를 질주하는 꿈을 꾸기도 한다. 누구에게나 초심은 중요한 것이다. 그러므로 살아온 날을 되돌아보는 것은 더욱 의미 있는 일이다. 먼저 가려고 끼어들기는 하지 않았는지 신호를 무시하거나 과속하지 않았는지…. 빛바랜 면허증을 반납하고 새 면허증을 받아드니 감회가 새롭다.

대신 쓰는 출산 일기

신비로운 빛을 따라가는 꿈이다. 햇살은 부드럽고 아름모를 꽃들은 사방에서 하늘거린다. 이따금 짓궂은 바람이 불어왔지만, 가슴은 알 수 없는 기운으로 충만하다.

일요일 오후, 점심을 먹고 느긋하게 시간을 보내는 중이다. 배가 아파 오기 전까지 깜빡 잠이 든 것도 같다. 남편은 아직도 세상모른 채 오수를 즐기고 있다. 뱃속의 움직임이 지금까지와는 다르다. 뭔가 대단한 일이 벌어지고 있는 것 같다. 가만, 그런데 여기는 어디일까. 아까 보았던 초원은 간데없고 낯선 바닷가에 혼자서 있다. 또다시 찌릿한 통증이 느껴진다. 바람이 불 때마다 내 몸이 어딘가로 떠밀려가고 있다. 황톳빛 노을에 물던 마을과 아오자이를 입은 아이들이 지나간다. 눈물로 작별하던 가족의 모습도 보인다.

전화를 받고 달려가자 시동생이 한달음에 문을 열어 준다. 마흔 중반에 아빠가 되는 시동생이다. 구세주라도 만난 양 반기는 폼이 꽤 긴장했던 모양이다. "트엉" 하고 부르는 소리에 시동생이 눈짓으로 욕실을 가리킨다. 그녀는 남산만큼이나 부른 배를 끌어안고 화장실 변기 앞에 쭈그리고 있다. 예정일이 보름이나 남았건만, 변기를 움켜잡은 가녀린 손목에 파랗게 힘줄이 선다.

우선 그녀를 눕혔다. 시동생의 이야기를 한쪽 귀로 들으며 병원 갈 준비를 했다. 이럴 때 친정 엄마가 곁에 있으면 좋으련만, 안타깝게도 동서의 친정은 베트남이다. 출산이 임박해지면서 혈압이 불규칙했던 나는 진통이 오기 전에 수술로 두 아이를 낳았다. 산고가 오히려 산모와 아기의 정신건강에 좋다는 이야기를 듣고 성급했던 결정을 후회한 적이 있다. 출산하고도 친정 엄마와 시어머니가 곁에 있어 무늬만 엄마라는 소리를 들었다.

정 힘들면 남편의 머리채를 잡아도 좋다는 말에 그녀는 알아듣기라도 한 듯 수줍게 웃었다. 아기가 자라면 함께 친정에 다녀와도 좋다고 하자 얼굴이 금세 환해진다. 그렇게 울다가 웃다가 세 시간이 흘렀다. 대체 얼마나 아파야 하고 기다려야 하는지 답답했다. 얼마 전에 둘째를 출산한 질부에게 전화했다. 전화기를 들고,

얼마나 아픈지 천정에 불빛이 보이는지 통증이 몇 분 만에 오는지를 손짓 발짓을 동원한 보디랭귀지로 삼원생방송을 하였다. 산모의 상태를 들은 질부는 아직도 멀었다며 병원에 가도 기다리는 일뿐이라고 한다.

아기도 엄마를 만나러 오기 위해 애쓰고 있으니 조금만 더 힘을 내자는 말을 어떻게 해야 할까. 진즉에 베트남어 몇 마디라도 배워 둘걸. 안쓰러운 마음에 동서의 손을 꼭 잡았다. 혼자 얼마나 힘들고 외로웠을까. 불편은 온전히 그녀의 몫이었다. 조금이라도 더 많이 더 빨리 우리 것을 배우기 위해 만삭의 몸으로도 다문화센터를 오가던 동서였다.

간호사가 수시로 혈압을 체크하는 중에도 옆방에선 연신 산고를 참느라 쥐어짜는 듯한 비명소리가 들린다. 한 생명이 탄생하는 성스러운 현장 그 이면에는 생사를 건 절박함과 긴장감이 흐른다. 열 달 내리 입덧하는 것도 모자라 수술실로 들어가는 나를 보며 자식은 하나로 충분하다던 남편의 마음을 이해할 것 같았다. 어느덧 병원 복도의 시계는 새벽 한 시를 가리키고 있다. 전날 오후 세 시에 시작된 진통이 열 시간째 계속되고 있다. 이제는 나올 때도 됐건만, 슬슬 애가 타기 시작한다.

자판기 커피로 목을 축이며 복도를 서성거리는데 동서의 고함과 함께 아기의 울음소리가 우렁차게 들려왔다. 2010년 4월 12일

새벽 1시 5분. 3.3kg의 건강한 사내아기다. 멀리 베트남에서 잉태하고 이 땅에서 태어난 귀한 생명이다.

신비로운 빛을 좇아가던 동서의 꿈은 현실이 되었다. 가족이 된 새 생명을 바라보는 두 사람의 눈가가 촉촉하다. 세상에 이보다 더 아름답고 완전한 그림이 있을까. 그들을 남겨두고 병원을 나왔다. 축복이라도 하듯 새벽하늘에 별이 총총하다. 이제부터 그녀가 써내려 갈 육아 일기가 궁금하다.

어떤 내조

22년째다. 한 달에 한 번은 어김없이 화투판이 벌어진다. 질리지도 않는가. 볼거리 먹을거리가 널린 세상에 우리의 문화생활은 좀처럼 달라질 기미가 보이지 않는다. 네 집이 돌아가면서 저녁을 준비하고 집으로 초대한다. 엉뚱한 생각인지 몰라도 일 년이면 한 집에 세 번, 22년을 곱하면 66번이다. 무시로 모이는 횟수까지 합하면 머잖아 한 가정 100회 특집이라도 해야 할 판이다.

남편이 처음 대구에 와서 알고 지내던 친구들과 부부 모임을 한다. 남편을 제외한 세 친구는 그때 사귀던 아가씨와 결혼해 가정을 이루었다. 그래선지 지금도 그 시절 이야기만 나오면 금방 분위기가 달아오른다. 나만 모르는 '그때를 아시나요'가 재방송 된다. 낡은 125cc 오토바이를 타고 전국을 누비고 다녔던 이야기, 누군가 양다리 걸쳤다가 지금의 아내에게 들통 난 이야기, 쌍쌍이 데이트하러 가는 곳에 남편이 눈치 없이 따라다녔던 이야기가 나오면 배꼽을 잡는다. 내겐 그저 빛바랜 흑백사진이나 무성영화 같은 이야기지만 말이다. 노총각이던 남편이 결혼한다고 했을 때도 그들은 '앓던 이가 빠진 것처럼' 기뻐하고 축하해 준 죽마고우 같은 친구들이다.

비산동의 어느 한옥 문간방에 신혼살림을 차리고 그들을 초대했다. 단칸방에 소꿉놀이 같은 살림살이였지만 창문을 열면 주인집 꽃밭은 온전히 우리 차지였다. 시장에서 채소 도매를 하는 주인 부부와 아이들이 나가고 나면 팔십 노모는 종일 꽃밭에서 살았다. 라일락이 한창인 마당에 야외용 가스레인지를 놓고 삼계탕을 끓였다. 단칸방은 교대로 밥을 먹어야 할 만큼 비좁았다. 남편들이 식사를 마치고 마당에 나가 있는 동안 나는 부인들과 뜨거운 삼계탕을 먹으며 낯을 익혔다. 혼수로 해온, 새 담요를 깔고 고스톱 신고식을 치렀다.

아이들까지 북적거리던 예전에 비하면 지금은 수월한 편이다. 그렇더라도 내 집에 오는 손님이고 모임이다. 청소하고 시장 봐서 음식 장만하다 보면 어느새 현관 앞이 떠들썩하다. 저녁상을 물리기 바쁘게 화투판이 등장한다. 원활한 현금 유통을 위해 잔돈을 준비하는 것도 유사가 할 일이다. 일전을 앞둔 남편들의 표정이 호기롭다. 피할 수 없다면 즐기자는 심사인가. 변화를 외치던 아내들까지 팔을 걷어붙인다. 부부라고 봐 줄 것이라는 생각을 하면 오산이다. 지난달에 거금을 잃었다는 최 사장이 오늘은 기필코 만회를 하겠다며 큰소리친다. 뭐가 그리 재미있는지 웃음이 끊이지 않는다.

얼마 전에 한 친구가 해외여행을 다녀왔다. 부부모임을 하는 사람들과 함께였다. 또 다른 친구는 그들만의 산행팀을 만들었다. 나이에 맞게 야트막한 산이나 강을 찾아 힐링한다고 한다. 그들은 한 달에 한 번 있는 모임도 맛집을 찾아다니면서 한다. 집에서 음식 장만하고 손님을 초대하던 시절은 이제 옛말이다. 작년부터는 남편들을 설득해 일 년에 두 번 뮤지컬이나 콘서트 관람을 한다고 한다. 양념 묻은 앞치마를 두르고 음식 냄새까지 풍기며 광을 팔고 있는 나와는 너무도 대조적이다. 나도 생각이 있는 여자이건만 문제의식이 부족한 걸까. 아니면 환경에 순응하며 길든 탓인가. 앉아있으면서도 크게 불편하지 않다는 사실이 신기하다.

다른 모임에서는 문화생활도 하고 레저 활동도 하는 그들이 유독 우리 모임에서만 고스톱을 고집하는 이유가 뭘까. 모르긴 해도 그들만의 정체성과 끈끈한 우정을 지키는 일이라고 생각한다. 시간도, 주머니 사정도 여의치 않던 시절, 만나면 소주잔에 고스톱이 유일한 스트레스 해소법이 아니었을까. 낡은 유물처럼 시대에 뒤떨어진 놀이라고 치부하더라도 그들에게는 지나온 세월과 우정이 담긴 의식적 행위가 아니겠는가. 나이와 체면을 던져버리고 잠시나마 순수하고 자유롭던 그 시절로 돌아가고 싶픈 열망 같은 것 말이다. 청춘을 다시 되돌릴 수는 없지만, 함께 할 수 있는 추억이 있는 한 화투판의 열기는 식지 않을 것 같다.

한 끼 먹자고 시장보고 많은 시간을 투자해서 음식을 장만하는 것이 어찌 보면 번거로운 일일 수도 있다. 맛집이 천지다. 전화 한 통이면 예약도 가능하다. 해외여행은 고사하고 모임이라도 밖에서 하자던 아내들이 언제부턴가 고스톱판에 끼기 시작했다. 무용담처럼 반복되는 젊은 날의 순수와 열정을 상기시키는 그 자리가 그들이 세상을 헤쳐나가는 또 하나의 힘이라고 믿기 때문이다. 변화와 반란을 유보하고 함께 동화되는 것, 그 또한 아내의 역할이고 내조가 아닐까.

조카의 출정식

올 것이 왔나 보다. 조카가 상호 짓는 곳을 알아봐 달라고 전화해 왔다. 고모부와 사전 협의가 끝났다는 목소리가 전에 없이 차분하고 단호하다. 알아보마, 축하한다는 말로 전화를 끊었지만 마음이 편치 않았다. 남편 공장에서 기술직으로 근무하는 조카는 진즉부터 자립을 원했다. 그동안 여러 번 뜻을 내비쳤지만, 그때마다 남편은 때가 아니라는 이유로 말렸다. 오랜 경기 부진에다 처조카라는 사실도 부담스러워 했다.

수십 년 사업을 해오던 업체도 하루아침에 문 닫는 일이 비일비재하다. 기피 업종이라는 현실적인 어려움과 미래에 대한 확신이 없기 때문이다. 꼭 그 업종이 아니더라도 요즘은 기술을 배우려는 사람이 없다.

'공장을 운영해서 돈 번다는 말 다 옛말이다. 기술자 구하기가 하늘의 별따기인데도 배우려는 사람은 극히 드물다. 경쟁 업체가 많다 보니 단가도 제 살 깎아 먹기 식이다.' 남편도 가끔 하는 이야기다. 조카는 십오 년이라는 세월을 기계 앞에서 보냈다. 모르긴 해도 경영에 관해서는 문외한이나 마찬가지일 것이다. 사람들과 부딪치며 스스로 체득하는 것이 경영일 텐데 그럴 기회가 없었다. 잘해낼 수 있을까. 부모는 늙어가고 아이들은 점점 커 가는데, 차라리 꼬박꼬박 받는 월급이 더 안정적이지 않을까.

오래전의 일이다. 제대 다음 날 조카가 찾아와서는 고모부 공장에서 기술을 배우겠다고 했다. 일손이 부족한 마당에 두 손 들고 환영해야 할 일이지만, 친정 조카라는 사실이 부담스러웠다. 끝까지 기술을 배울 수 있을지도 의문이었다. 학업을 계속해 좀 더 나은 직장을 구하라고 권했지만 막무가내였다. 얼마나 버티는지 두고 보자던 조카는 십오 년을 거뜬히 넘기고 회사 내에서 최고 선임자가 되었다.

그런 조카가 오늘 개업식을 하는 날이다. 날씨도 부조하듯 유월 하늘은 청명하기 그지없다. 개업식에 참석하기 위해 공장이 밀집해 있는 공단으로 들어서자 길가에 도열하듯 서 있는 은행나무가 눈에 들어온다. 언제 저렇게 무성해졌는지, 풋풋한 이파리들이 햇

볕을 받아 싱그러움을 더해 가고 있다. 가을이 되어 노란 은행잎이 거리를 물들일 때가 절정이라면 유월의 저 푸른 잎들은 오늘 출정식을 하는 마흔한 살의 조카 같다.

남편의 처지에서 보면 오랫동안 데리고 있던 직원을 분가시키는 날이다. 때가 되면 곁을 떠나는 자식처럼 이번이 세 번째다. 당장은 남편의 도움이 필요하겠지만 언젠가는 자신들의 힘으로 뿌리를 내리고 꿈을 펼쳐 갈 것이다. 그렇게 되기를 남편도 간절히 바랐다. 손님 사이를 부지런히 오가는 질부도 활기가 넘쳐 보인다. 무던하고 착한 그의 내조가 큰 힘이 될 것이다.

신혼 시절, 막 사업을 시작한 남편의 출근 인사는 전쟁터에 다녀올게였다. 깨끗하게 다림질한 작업복을 입혀 내보내며 나는 총알 많이 주워 오라고 했던가. 기술 하나 믿고 사업을 시작한 그에게 기실 세상은 전쟁터였을 것이다. 뜻하지 않은 복병도 여러 번 만났다. 순조롭게 일이 진행되다가도 경기의 흐름이나 사람 관계가 틀어져 어려움에 부닥치기도 했다. 그가 더 힘들어했던 것은 어떤 일을 결정해야 하는 선택의 갈림길에 섰을 때다. 그것이 직원들의 생계와 우리의 미래가 걸린 일일 때는 며칠씩 잠을 이루지 못했다. 가보지 않은 길에 대한 책임과 부담은 오롯이 오너의 몫이었다.

처음 남편 이름으로 된 공장을 마련했을 때다. 지금 생각해 보면 어디서 그런 용기가 났을까 싶다. 큰돈을 은행에서 융자받아 170

평의 용지를 사고 공장을 지었다. 그리고는 페인트 냄새가 채 가시지도 않은 그곳으로 이전하고 아주버님과 형님을 초대했다. 얼마 후 고향에서 들려오는 황당한 소문을 듣고 우리가 얼마나 민망했는지 모른다.

"자네가 성공했구먼, 공장도 운동장만 하고 직공도 수십 명이라며."

"자가 어릴 적부텀 재바르긴 혔지, 고생혔어."

과장된 소문의 진원지가 아주버님이란 걸 알았다. 남편을 늘 '임 사장'이라고 부르는 아주버님식의 응원이자 채찍이란 것도. 부모님을 대신한 형님의 열망과 기대, 그것은 남편에게 힘이자 다음 목표가 되곤 했다.

어차피 가야 할 길이라면 한 발 먼저 시작하는 것도 용기다. 조카에게도 큰 목표와 꿈을 가지라고 하고 싶다. 그동안 남편을 지켜보며 얻은 깨달음이라면 사람이 곧 재산이라는 것이다. 무슨 일을 하든 주위에 사람이 넘쳐나야 한다. 돈을 좇아가기보다 호의를 베풀고 스스로 신뢰를 쌓아 인복을 키우는 일이 먼저라는 이야기를 꼭 들려주고 싶다.

환하게 웃고 있는 돼지 머리에 준비해 간 봉투를 깊숙이 찔러 넣었다.

방학

큰아이가 방학을 맞아 내려오는 중이라고 전화를 했다. 예고도 없이 내려온다니 마음이 바쁘다. 예전에는 방학이 되면 아이들은 행복 시작, 엄마는 고생 시작이라고 했다. 종일 아이들과 부딪치고 뒤치다꺼리하다 보면 방학이 어서 끝나기만을 기다렸다. 지금은 그 반대다. 함께 살아도 얼굴 보기 힘든데 객지에서 학교에 다니니 오매불망 도착하기만 기다린다.

어릴 적 방학하는 날은 개선장군처럼 의기양양했다. 내가 받아온 성적표는 아버지를 통해 그날로 날개를 달았다. 날이 저물어서야 아버지는 기분 좋게 취해서 돌아오셨다. 시골의 변방 지서에서 근무하셨던 아버지. 남에겐 더없이 호방한 양반이었으나 우리에게는 무서우리만치 엄격하셨다. 막내인 나를 무릎에 올려놓고 애지중지하면서도 성적만큼은 예외가 없었다. 아무리 취해서 들어와도 숙제 검사는 잊지 않는 게 신기할 정도였다.

초등학교 사 학년 때 유행성 독감에 걸렸다. 죽어도 학교에는 가야 한다던 아버지도 그때만큼은 어쩔 수가 없었다. 등교 정지라는 학교 측의 통보가 아니어도 나는 펄펄 끓는 열 때문에 일주일이나 결석해야 했다. 그해 성적표에는 '우'가 세 개나 있었다. 반장인 용이가 보란 듯이 우쭐대는 것보다 아버지의 성난 얼굴이 먼저 떠올랐다. 독감 때문에 봐줄 거라던 예상은 빗나갔다. 나는 그날 종아리를 걷어야 했다.

여자도 얼마든지 출세할 수 있다며 일등을 강요하던 아버지였다. 그러나 막내 오빠가 재수를 하고 나와 나란히 진학을 앞뒀을 때 아버지는 오빠 손을 들어주었다. 내가 이십 대를 하릴없이 빈둥거리다 뒤늦게 결혼하자 자고로 여자는 남편 그늘에서 자식 잘 키우는 것이 행복이라며 오히려 조용한 내조를 강조하셨다. 결혼하고 아이들이 자랄 때까지 흔한 취미교실 한 번 기웃거리지 않은 것도 아버지의 영향이 없지는 않았다.

아버지가 돌아가시고 우연히 문학을 공부하는 곳에 발을 들여놓았다. 내 안에 손톱만큼이라도 그 인연이 있다면 아버지로부터 물려받은 것이 분명할 테지만. 그동안 나는 어쭙잖은 글로 등단을 하고 자의 반 타의 반으로 지면에 글을 실었다. 글은 덕지덕지 화장하거나 속곳 바람으로 내놓은 것처럼 부끄러웠다. 두 손으로 얼굴을 가려보지만, 이미 내 손을 떠나간 후였다. 새삼 재주와 열정을 저울질해 보았으나 어느 것 하나도 내세울 게 없다. 준비도 없이 시작했다는 이유는 어릴 적 독감처럼 궁색한 핑계일 뿐 나를 더 초라하게 만들었다.

봄에 '책쓰기 포럼' 수업에 동참했다. 처음부터 다시 시작하자고 다짐하고 또 다짐했다. 긴장과 설렘으로 강의실에 들어서던 때가 엊그제 같은데 벌써 19주차다. 도반들과 함께 강의를 듣고 있노라면 유년의 책상 앞에 앉아있는 듯한 착각이 들었다. 아버지가 나를 번쩍 안아 올렸을 때처럼 기운이 충만했다. 글쓰기는 나를 되돌아보는 시간이다. 그것으로 충분하다. 남들에게 감동을 줄 수 있는 좋은 글은 아니지만 조각조각 내 삶의 퍼즐을 맞추는 행복한 시간이었다.

한 주만 지나면 나도 방학이다. 한동안 가지 못했던 가족 나들이와 주부로서 해야 할 일을 꼽아본다. 하지만 설렘도 잠시 한 학기를 마치며 스스로 매긴 점수가 낙제 점수다. 아버지가 계셨더라면 뭐라 하실까. 틀림없이 종아리를 걷으라고 불호령이 떨어졌을 것이다.

며칠 쉬어 갈 줄 알았던 아들이 달랑 이틀 머물고는 갈 준비를 한다. 여행은 고사하고 제대로 챙겨 먹이지도 못했다. 학원 수강 신청을 두 군데나 해 놓았다니 잡을 수도 없다. 진즉에 아버지가 내게 했던 반만큼이라도 했다면, 지금쯤 아들의 길이 달라졌을까. 마음껏 뛰어놀게 하고 싶다던 이유가 나의 게으름이나 무지 때문은 아니었을까.

아들을 터미널까지 배웅하고 돌아와 책상 앞에 앉았다. 방학 전 마지막 과제를 마무리하기 위해서다. 기왕이면 제시간에 제대로 된 글을 써내고 홀가분하게 방학을 맞이하고 싶은데 마음과 달리 막막하다. 애당초 하려던 말은 간데없고 생각이 사방팔방으로 흩어진다.

방학은 다음 학기를 준비하는 분기점이다. 아들은 정규 과정에서 부족한 것을 채우기 위해 서둘러 상경했을 것이다. 다음 학기에는 내 글쓰기도 좀 더 나아지기를 기대해 본다. 오늘따라 아버지가 그립다. 성적표를 들고 아버지에게 달려가던 당당한 모습의 딸로 돌아가고 싶다. 방학이 시작되기 무섭게 마분지 동그랗게 오려서 생활계획표 짜놓고 기다리던 아버지가 보고 싶다.

달콤한 유혹

천고마비의 계절이다. 바쁘다는 핑계로 운동은 띄엄띄엄하면서도 은근히 체중에는 신경이 쓰인다. 여자에게 다이어트는 평생 끝나지 않는 숙제와도 같은 것이다. 자신을 잘 가꾸려는 이면에는 미적인 아름다움 외에도 여러 가지 의미가 담겨 있다. 중년의 모습은 지나온 삶의 흔적인 동시에 살아갈 날에 대한 건강 척도가 되기도 할 것이다.

남편은 배가 고프면 잠을 못 잔다. 오던 잠도 달아나는 사람이다. 참고 잠을 청해보려고 애를 쓰다가 결국엔 옆 사람까지 깨운다. 요즘은 저지방 우유에 칼로리가 낮은 시리얼이나 미숫가루를 타서 준다. 예전에는 자다 말고 한밤중에 너구리를 잡기도 했다.

밤 한 시에 라면 한 그릇과 과일로 입가심까지 하고는 십 분도 되지 않아 잠자리에 들었다. 그래도 살이 찌기는커녕 아침에 일어나면 붓기도 없었다. 잔소리하면서도 그가 신기하고 부럽기도 했다.

반면 나는 쉽게 살이 찌는 체질이다. 운동을 게을리하거나 조금만 방심해도 금방 체중이 늘어난다. 거기다 야식을 즐기는 사람과 이십여 년의 밤을 함께 보냈으니 알게 모르게 살이 쪘다. 지난여름에 다이어트를 위해 운동을 시작했다. 스스로 생각해도 기특할 만큼 열심히 했다. 요가와 헬스로 한바탕 땀을 흘리고 나면 심신이 날아갈 듯 가벼웠다. 다이어트로 인한 자신감은 다른 일에도 의욕을 불러와 일상에 활기를 주었다.

평생 비만하고는 거리가 멀 것 같은 남편이 언제부턴가 뱃살이 나오기 시작했다. 아침은 거르고 야식은 즐기는 잘못된 식습관 때문이다. 그럭저럭 세월의 무게까지 더해 '중부지방'이 볼썽사납다. 뒤늦게 운동을 한다고는 하지만 나쁜 식습관을 고치지 않는 이상 예전으로 돌아가기는 쉽지 않을 것이다.

요즘은 밤 풍경도 많이 달라졌다. 밤을 잊은 사람들과 그들을 위한 공간이 성업 중이다. 다양한 먹을거리는 기본이다. 내가 사는 아파트 1층만 해도 상가가 많다. 늦은 밤 창을 통해 올라오는 요리 냄새는 반갑지 않은 불청객이면서 달콤한 유혹이다. 나도 습관적으로 한두 시는 되어야 잠자리에 든다. 그동안 맘먹고 책이라도 보려면 들락거리는 시간이 더 많다. 입이 심심해서다.

어렸을 적에는 야식이라는 것이 따로 없었다. 어른도 아이도 어두워지면 자연스레 잠자리에 들었다. 있다고 해도 철 따라 과일이나 고구마, 옥수수 같은 몸에 해롭지 않은 것이었다. 일찍 잠이 들다 보니 가끔 밤늦게 아버지 손에 들려오는 찹쌀떡이나 양과자는 다음 날 아침에야 먹을 수 있었다.

남편이 한밤중에 어디론가 전화를 건다. 잠시 후 현관문 소리가 나더니 아들이 들어오는 소리가 들린다. 기다렸다는 듯이 조심스럽게 침대를 빠져나가는 남편, 부스럭거리는 소리와 함께 냄새가 안방까지 풍겨 온다. 자는 척하고 누워 있기도 고역이다. 모른척하고 나가보면 부자가 부엌 바닥에 쪼그리고 앉아 햄버거를 먹고 있다.

한마디 하려는 찰나, 그가 감자튀김 하나를 내 입에 불쑥 밀어 넣는다. 오늘이 마지막이라고.

다반사

며칠 전 경비실에서 인터폰을 해왔다. 차번호를 묻더니 접촉 사고가 났다며 지하 주차장으로 내려오라고 했다. 멀쩡하게 세워둔 차가 걸어나갔을 리는 없을 테고, 큰일이야 있겠느냐 싶었다.

지하 주차장에는 경비실 직원 말고도 몇 사람이 더 있었다. 널브러진 파편과 바닥에 심하게 긁힌 브레이크 자국을 보자 가슴이 철렁했다. 사고는 생각보다 컸다. 피해 차도 두 대였다. 앞과 옆이 찌그러진 채 나가떨어져 있는 차를 보자 은근히 속이 상했다. 사람이 다치지 않은 건 다행이지만, 주차장이라는 공간에서 어떻게 이런 일이 가능한지 의아스러웠다.

자신이 가해자라는 사람은 뜻밖에도 같은 동에 사는 어르신이었다. 엘리베이터에서 더러 뵙곤 하는데, 손수 시장을 봐 오기도 하고 할머니와 함께 외출하기도 했다. 젊은 사람이 대부분인 아파트에서 노부부의 모습은 조금 색다르게 느껴졌다. 친정 부모님을 보듯 편하면서도 애틋해 보였다.

어르신은 상황을 설명하면서도 피해자가 아래윗집에 사는 이웃이라는 사실에 더욱 미안해했다. 나이가 들어 판단력이 흐려졌다는 어르신의 얼굴은 창백하여, 보는 이가 안쓰러울 정도였다. 무슨 말이 필요할까. 서운하던 마음도 잠시였다. 냉랭하던 분위기는 사라지고 어르신을 걱정하는 말들이 오갔다. 보험회사 직원에게 한 번 더 부탁하고서야 어르신은 바닥에 털썩 주저앉았다.

"진작 차를 팔아야 했는데, 할망구도 늙고 나도 늙으니 병원 갈 일이 왜 그리 많은지. 그때마다 자식 호출하기도 뭣하고, 몇 년 더 끌고 다니다가 나는 저세상으로 가고 저는 폐차장으로 가면 되겠다고 했는데, 이렇게 이웃에게 민폐를 끼치다니."

몇 년 전 일이 떠올랐다. 운전 3년 만에 비싼 수업료를 낸 잊지 못할 사고다. 친정아버지가 응급실로 실려 갔다는 엄마 전화를 받고는 무작정 차를 몰았다. 연락이 닿지 않는다는 오빠에게는 가면서 전화를 할 요량이었다. 지척에 있는 병원이 어찌나 먼지, 길은 또 얼마나 막히던지. 생각해보면 사고는 당연한 결과였다. 교차로에서 신호가 바뀐 줄도 모르고 직진하다가 삼중 추돌 사고를 낸 것이다.

사고에 비해 사람이 크게 다치지 않은 것은 필시 조상이 돌봤음이라. 하지만 사방에서 울려대는 경적과 쏟아지는 시선에 쥐구멍이라도 찾고 싶은 심정이었다. 졸지에 신호 하나 볼 줄 모르는 대책 없는 운전자로 낙인찍힌 그날의 기억은 좀처럼 잊히지 않는다. 아버지 병시중을 핑계로 보험회사만 내세우고 피해자를 제대로 찾아보지 못한 것도 마음의 빚으로 남아 있다.

피해자라 하여 시시비비를 가릴 양으로 뛰어왔다면 참 부끄러울 뻔하였다. 나도 가해자였던 적이 있지 않던가. 아버지 병구완을 이유로 단 한 번 얼굴을 내밀었던 나를 그들은 어떻게 생각했을까.

웬만한 자동차 사고는 보험회사에 전화 한 통 하면 처리되는 세상이다. 서로 얼굴 붉힐 일 없이 피해를 보상해주므로 최소한 마음의 짐을 들 수 있으며, 일진이 나빴다고 훌훌 털어버리면 그만이다. 하지만 일방적으로 사고를 당한 피해자는 평생 상처를 지니고 살아갈 수도 있다. 물질적인 보상과 더불어 진심 어린 사과나 말 한마디 보태진다면 훨씬 더 살만한 세상이 되지 않을까.

보험회사 직원과 몇 번 통화하는 중에 어르신도 피해자라는 걸 알았다. 20년 넘게 한결같은 고객이라는 말도 잊지 않았다. 얌체 주차를 해둔 차 때문에 너무 구석으로 주차한 것이 화근이었다. 남을 위한 배려가 자신에게 피해가 될 줄은 생각하지 않았을 것이다.

외출에서 돌아오니 문 앞에 귤 한 상자와 편지가 놓여 있다. 삼가 드림으로 시작된 편지는 불편을 끼쳐 죄송하다며 늙은이의 실수를 관용으로 베풀어 달라는 내용이었다. 귤 또한 양심의 가책을 덜어보기 위한 이기심이라고 적어 놓았다. 가슴이 뭉클했다. 잘못하고도 변명하는 목소리가 더 큰 세상이다. 오늘 어르신의 모습이야말로 진정한 용기며 관용의 시발점이라는 생각을 해보았다. 차는 5일간의 수리에 들어갔다. 조금 불편하면 어떠랴. 다반사茶飯事로 일어나는 일에도 선후 올바른 처신이 필요하다는 사실을 배웠기에 마음이 따뜻했다.

횡성 가는 길

휘청대던 봄이 제자리를 찾았나 보다. 바람은 부드럽고 대지는 푸르게 물들어 가는 중이다. 남편을 따라 강원도 횡성에 가는 길이다. 옆자리에서 무게를 주고 앉아 있는 나와는 달리 남편은 이따금 실소를 흘린다.

며칠 전이었다. 늦게 귀가한 남편의 얼굴에 희색이 가득했다. 장 사장과 함께 횡성에 다녀오는 길이라고 했다. 일 때문에 들른 장 사장이 잘 아는 스님을 만나러 횡성에 간다기에 운전을 자처했다고. 스님이 챙겨 주더라며 헛개나무 꿀과 더덕을 들고 왔다. 공복에 한 숟갈씩 꼭 복용하라고 했다면서 식탁 위에다 떡하니 올려놓았다. 평소에는 차려 놓은 아침밥도 마다하던 사람이 눈뜨자마자

꿀단지부터 찾으니 은근히 얄미울 지경이다.

남편은 대구 삼공단에서 조그맣게 공장을 경영하고 있다. 전자 제품이나 기계에 들어가는 부품을 생산한다. 그가 어릴 때 어머님과 읍내에 가기 위해 버스를 탔는데 어떤 할머니가 유심히 보더니 '쇳소리가 나는 직업이나 운수업'을 할 것이라고 했단다. 그래선지 몰라도 '쇠'에 대한 그의 생각은 남달라 보인다. 가공할 때는 물론이거니와 쓰고 남은 쇳조각 하나도 함부로 대하지 않는다. 그 할머니의 예언처럼 천직이라는 생각을 하게 한다.

도면대로 쇠를 깎고 다듬기만 하면 될 거라는 내 생각은 무지에 가깝다. 그 덕에 밥을 먹고 사는 사람으로서 할 소리가 아닐 성싶다. 내 눈에는 다 같은 쇳덩이로 보이지만 종류만큼 성질과 특징도 다양하다고 한다. 같은 부모에게서 태어난 자식도 생김새와 성격이 다르듯이 같은 재료라고 해도 단단함이나 외부에 대한 반응이 조금씩 다르다는 것이다. 진정한 기술자라면 어떤 쇳덩어리와도 교감할 수 있어야 한다는 것이 남편의 생각이다. 제대 후 고향 관청에서 잔무를 보던 그가 우연히 선배가 하는 공장을 찾았던 게 인연이 되었다. 운명이었던지 그 길로 올라와 친구 공장에서 기거하며 기름밥을 먹었다. 그리고는 손바닥만 한 자리를 얻어 기계 한 대 놓고 간판 걸고. 순전히 젊음 하나 믿고 벌인 일이라고 했다.

튼실한 나무 한 그루 한 그루가 모여 아름다운 숲을 만들듯 부품은 하나의 나무인 동시에 완성품이다. 시간을 다투며 진화하는 제품에 맞춰 수십 번의 공정을 거쳐야 할 만큼 정밀하고 까다롭다. 가끔 공장에 가보면 부품 하나 때문에 남편과 온 직원이 고심하는 것을 종종 본다. 그런 남편도 알고 보면 엉뚱한 데가 많은 사람이다. 일을 떠나서는 어눌하기까지 하다. 분별없이 웃고 다녀 실없어 보인다고 핀잔을 줘야 할 때도 있다.

나라고 웃을 일만 있겠나. 살다 보면 속이 허해도 웃음이 나오지. 빈손으로 객지에 나와 지금껏 살아온 세월이 꿈만 같아. 사업은 늘 외줄 위에 서 있는 것처럼 불안하고 고독했지. 한 고개 넘으면 또 한 고개, 포기하고 싶을 때도 많았어. 하지만 하나둘 식구가 늘고 그 식구에 딸린 식구들까지 생각하니 용기가 생기더군. 자랑 같지만 참 열심히 살았어. 미친 듯이 앞만 보고 달려왔다고 할까. 내가 밤낮없이 일에 매달리는 동안 아내도 열심히 절에 다니며 마음을 보탰어. 고맙고 든든했지. 아무리 늦어도 따순 밥 차려 놓고 오순도순 눈 맞추고 의논하고. 그때가 좋았어.

두 아들, 눈에 넣어도 아프지 않을 자식이지. 고것들 태어난 지가 엊그제 같은데 벌써 대학생이야. 애비가 고생해서 이루어 놓은 일 한 놈이라도 이어받으면 좋으련만 큰놈은 댄스 한다고 서울 가버리고 작은놈은 아직도 불안해. 그래도 건강하고 심성 바른 편이니 크게 걱정 안 해. 애들은 한창이라 그렇다 치고 아내는 왜 그리 바쁜지. 뒤늦게 글쓰기를 한다더니 요샌 친구에 모임까지, 얼굴 보기도 어렵다니까. 예전처럼 절에도 가는 것 같지 않고 나도 뒷전이야.

요즘 다들 어려워. 장 사장 힘들어하는 거 남의 일 같지 않아. 위로도 할 겸 바람이나 쐬자며 갔지. 그런데 막상 가보니 그게 아니야. 명색이 내가 불교 신자인데 스님과 법당이 컨테이너에 있는 것도 보기 딱하고. 아내는 남자가 그런 일에 나서는 거 아니라고, 쓸데없이 인연 만든다 하겠지만 모른 체할 수가 없었어. 기왕 왔으니 이것저것 궁금키도 하더군. 아 그런데 스님이 그동안 고생했다며 앞으로는 하는 일마다 술술 풀릴 거라는데, 가슴에서 뜨거운 뭔가가 올라오는 거야. 지나온 세월이 주마등처럼 스치며 울먹하는데 이런 게 나이인가 싶기도 하고. 빈말이라도 다 잘될 거라는데 멀면 어떻고 돈이 좀 들면 어때. 그냥도 보시해야 할 판에 우리를 위해 축원해 주겠다는데 넙죽 날을 받았어.

스님도 꿀도 믿을 수 없다던 나는 스르르 힘이 풀린다. 꿀단지 뚜껑에 '헛개나무 꿀'이라는 붉은 글씨가 떠오른다. 병 옆에도 횡성군 청암면 어느 헛개 밭에서 스님이 직접 채취한 무공해 꿀이라는 스티커가 큼지막하게 붙어 있었다. 스님을 도와 뒷정리를 하고 왔던 길을 향해 나서는데 그제야 초행의 횡성길이 시야에 들어온다. 암갈색의 기름진 농토와 소잔등처럼 굽은 길이 끝없이 끊어졌다 이어지는 사월의 횡성.

5부

가을의 기별

소통

전화 소리에 눈을 뜨니 시계가 밤 한 시를 가리키고 있다. 남편이 때려서 집에도 들어가지 못하고 있으니 빨리 오라는 동서의 전화다. 그녀의 울음소리와 심상찮은 밤공기에 서둘러 집을 나섰다.

동서는 아파트 앞 계단에 쭈그리고 있다. 뜻밖에도 친구라는 새댁과 경찰관 두 명도 함께 있다. 경비 아저씨가 졸린 눈으로 밖을 내다보고 위층 어디선가 창문 여닫는 소리가 거칠게 들려온다. 야심한 밤에 동서의 울음 섞인 푸념을 듣고 있자니 몸도 마음도 한기가 든다. 나와 함께 집에 가서 얘기하자고 해도 소용이 없다. 옆에 있던 경찰관도 오늘은 들어가지 않는 것이 좋겠다고 거든다. 들어가지 않으면 어쩌란 말인가. 누굴 마치 상습적으로 주먹을 휘

두르는 사람처럼 취급하는 듯한 말투에 기분이 상했다. 제대로 사태를 파악하고 하는 소린지 한쪽 말만 듣고 하는 소린지 알 수가 없다고 했다.

나이 마흔이 넘도록 짝을 찾지 못한 시동생에게 넌지시 국제결혼 이야기를 꺼냈다. 시큰둥하거나 발끈할 줄 알았던 그가 생각해 보겠다기에 우리가 더 놀라고 미안했다. 곱상한 외모와 금형 기술자로 연봉도 꽤 되는 사람이 무슨 연유에선지 짝을 만나지 못했다. 주위 등쌀에 내키지 않아 하는 맞선 자리에도 몇 번 나가봤지만, 결과는 신통찮았다. 이성에 관심이 없는 건지, 결혼에 관심이 없는 건지 속내를 알 수 없어 답답했다. 조카들이 자라 줄줄이 처자식 앞세우고 오는 집안 대소사에서도 그는 물에 기름 돌듯 혼자였다. 막둥이 장가가기를 학수고대하던 시부모님마저 세상을 떠나고 나자 주위에서는 우리만 쳐다보고 있는 셈이었다.

이때다 싶어 서둘렀다. 마음먹으니 국제결혼 알선 업체와도 쉽게 연결되었다. 비빌 언덕 하나 없이 단칸방에서 시작했던 우리 신혼을 생각하며 적금 통장을 헐었다. 혼자서는 돌아올 생각조차 하지 말라며 여비에 속옷까지 챙겼다. 시동생이 떠밀리듯 베트남으로 건너간 뒤 우리 집과 멀지 않은 곳에 조그마한 아파트를 장만했다. 집수리를 하고 신혼집에 어울리게 벽지와 커튼도 화사한 것으로 바꿨다. 살림살이 사 나르는 재미에 힘든 줄도 몰랐다.

시동생이 먼 이국땅에서 데려온 각시는 어리고 참했다. 아침이면 출근하듯이 시동생네로 가서 살림하는 법을 가르쳐 주고 시장이며 다문화센터도 오갔다. 그녀가 더 적극적이었다. 바지런하고 성격이 밝아 시집 식구들과도 잘 어울렸다. 허니문 베이비로 달덩이 같은 아들을 낳아 힘든 내색하지 않고 잘도 키웠다. 늦장가에 데면데면하던 시동생도 차츰 가장의 책임을 다 하려 애썼다. 외출할 때면 기저귀 보따리는 응당 그의 차지요, 맛난 반찬 끌어다 제 식구 앞에 슬쩍 놓아줄 때는 내가 알던 시동생이 맞나 싶었다.

장난감이 널린 방에 시동생이 소주병을 놓고 앉아 있다. 한 잔 술에도 불콰해지는 사람이 반병을 비웠는데도 말짱하다. 문소리에 반짝하던 아이가 이내 풀이 죽어 돌아앉는다. 네 살짜리가 뭘 안다고 불러도 못들은 채 장난감만 달그락거리고 있다. 울컥 화가 치민다. 옆 동에 잠깐 다녀오겠다던 동서가 밤 11시가 넘도록 오지 않더란다. 아이는 울며 보채고 그녀는 전화조차 받지 않더라고 했다. 열 번도 넘게 했다는 말끝에 요즘 종종 늦다는 말도 했다. 가끔 신혼 재미가 어떠냐고 물어보면 대답 대신 그저 희멀겋게 웃기만 하던 사람이 술기운인가. "형수, 면목 없지만 암만 생각해도 이건 아닌 거 같아요." 목소리가 전에 없이 완강하다.

동서도 할 말이 있다. 옆 동에 사는 베트남 새댁이 부부싸움을 했단다. 한국말이 서툰 그녀를 대변하느라 남편에게 전화가 온 것도 몰랐다고 한다. 나중에서야 보고 남편에게 전화했더니 받지 않더라고. 부랴부랴 현관에 들어서는데 변명할 새도 없이 손이 올라오더라는 것이다. 말끝마다 폭력 운운하며 당장 아이를 데리고 베트남으로 가겠다고 한다.

손찌검이 정당화될 수는 없지만 오죽했으면 그랬겠냐는 말이 목구멍까지 올라오는 것을 꾹 참았다. 앞뒤 사정은 쏙 빼고 남편이 때렸다는 이유만 들어 경찰을 부른 그녀가 당돌하다는 생각이 들었다. 그들은 점점 목소리를 높이며 존재감을 드러내지만, 시동생과 같은 다문화 가장의 입지는 나부터도 외면했던 게 사실이다. 소통의 부재로 인한 불편은 어느 한쪽만의 문제가 아니다. 그런데도 측은지심에 늘 동서 역성만 들었지 시동생의 속앓이는 헤아려 주지 못했다. 참아라, 이해하라는 말은 늘 시동생에게만 해당하는 말이었다.

신혼 초에는 우리도 의견 충돌이 많았다. 사소한 일에도 자기 생각을 굽히지 않으려고 목소리를 높였다. 내 생각이 맞다 하더라도 상대의 입장은 다를 수 있다는 걸 알기까지는 시간이 한참 걸렸다. 이질적인 문화에서 살아온 외국인이라면 더 말할 것도 없다. 두 사람에게도 서로를 이해하려는 노력과 시간이 필요할 것이다.

한번은 동서가 '많은 이주 여성들이 남편의 폭력에 시달리고 있다'는 뉴스를 보고 흥분해서 전화했다. 표현은 서툴지만 격앙된 목소리로 자기 생각을 분명하게 나타냈다. 그들이 느끼는 심리적 고립감이나 불안감을 생각하면 어젯밤 시동생의 행동에 민감하게 반응하던 그녀의 태도도 이해가 된다.

다음 날 죄송하다며 동서가 전화했다. 부부싸움 칼로 물 베기라는 우리 속담을 벌써 안 걸까. 성격이 서글서글해서 싸워도 오래 끌지 않는다. 고맙다. 동서가 얼마나 괜찮은 사람인지, 우리가 저를 얼마나 많이 생각하는지…. 하고 싶은 말이 정작 입안에서 맴돈다.

그녀가 사는 법

재해냐 질병이냐, 단어 하나에 오백만 원이 왔다 갔다 하는 상황이다. 의사는 이미 '재해'로 진단서를 발급한 상태다. 결과는 두고 봐야 알겠지만 나라고 태연할 수 있을까. 동그라미가 눈앞에서 자꾸만 어른거린다. 늘 받기만 하는 남편에게 선심을 쓸 절호의 기회이기도 하다. 떡 줄 사람은 생각지도 않는데 김칫국부터 마신다고 구체적인 지출 목록을 꼽아보며 혼자 즐겁다. 하지만 세상에 만만한 것이 있던가. 분위기는 점점 불리하게 돌아가고 있다.

그녀를 만난 곳은 문학 단체에서다. 만나면 싱긋이 웃기부터 하는 수더분한 인상과 조용한 말투가 왠지 착해 보였다. 회원의 간식을 준비하는 일부터 단체의 크고 작은 일을 도맡아 했다. 그런 일을 하는 사람이 따로 있는 것은 아니지만 그쪽이나 나나 그다지 활달한 성격은 못되어서 의외라고 생각할 때도 있었다. 우연히 그녀의 직업이 '보험설계사'라는 이야기를 들었다. 마침 내가 가입한 보험 대부분이 그녀가 근무하는 회사 상품이어서 보험 전반에 관한 내용을 살펴봐 달라고 부탁했다.

왼쪽 무릎이 탈이 났다. 운동하다가 살짝 삔 것 같은데, 점점 붓고 아파서 걷기도 힘들었다. 동네 병원에서는 염증 때문에 물이 찼다며 약을 처방해 주었다. 약은 먹을 때뿐이고 약 기운이 떨어지고 나면 증세가 더 심해지는 악순환이 반복되었다. 정밀 사진을 찍어보니 무릎 관절에 있는 반월상 연골이 파열되었다고 했다. 의사는 근본적인 치료를 위해 수술을 권했다. 차일피일하다가 큰 병원에서 수술하고 5일 만에 퇴원했다.

그녀에게서 연락이 왔다. 내가 가입한 보험 중에서 이번 수술과 관련해 보험금 청구가 가능한 것이 있다는 것이다. 문제는 수술을 하게 된 원인이라며 진단서를 떼어보라고 했다. 보험금 지급을 결정하는 질병 분류 코드가 재해가 아닌 질병이면, 오백만 원이라는 보험금을 받을 수 있다고 했다. 보험금을 받는다는 사실도 뜻밖이지만, 금액도 놀라웠다. 그런데 눈을 닦고 봐도 진단서에는 '재해'라는 글자가 분명했다. 혹시나 하는 마음에 의사를 찾아가 사정 이야기를 했지만, 번복할 수가 없다고 했다. 처음 병원에 오던 날,

운동하다가 삐끗했다는 내 말이 중요한 단서가 된 것 같았다.

하기야 긁기만 하면 열에 아홉은 당첨된다는 화장품 샘플도 나는 비켜가지 않았던가. 음료수병 뚜껑에 '한 병 더'라는 그 흔한 행운조차도 나와는 거리가 먼 이야기다. 복권 사는 남편을 이해 못 하는 나로서는 백화점이나 마트에서 하는 행운권 따윈 관심 두지 않는 것이 차라리 편했다. 하지만 이번에는 경우가 다르다. 어쩌다 오는 행운이 아니라 정당하게 청구하고 받아야 할 내 몫이다. 보험 약관을 대충이라도 읽어보고 진료를 받았더라면 아무 문제가 없는 일이다.

이쯤에서 포기하기로 마음먹었다. 돈에 미련이 남은 사람처럼 아픈 다리를 끌고 구걸하듯 병원을 들락거리는 것도 부담스러웠다.

다 끝난 일인 줄 알았는데 보험회사 심사과라며 전화가 왔다. 설계사가 진단서 내용과 다르게 '질병'으로 접수를 하는 바람에 실사를 나오겠다는 것이다. 분명히 없던 일로 하자고 했는데, 기어이 그녀가 고집을 부린 것 같았다. 당황스러운 나와는 달리 그녀는 태평스럽게도 포기하기엔 이른 것 같아 소신대로 서류를 넣었다고 했다. 하는 데까지 해보는 거라며 큰 기대는 하지 말라고 했다. 공연히 일을 번거롭게 만든다는 생각을 하면서도 고마웠다.

무던하기만 한 그녀의 어디에 이런 면이 있을까. 내가 놀란 것은 보기와는 다른 그녀의 태도다. 번복 불가라는 의사 말을 나는 너무 쉽게 인정하고 포기했다. 하지만 그녀는 달랐다. 조용하면서도 적극적이었고 말이 없으면서도 할 말은 했다. 세 사람이 만나 실사를 갔을 때도 의사의 대답은 역시나 같았다. 다만 우리는 담당자에게 수술 훨씬 전부터 동네 병원을 들락거린 전적을 이야기했고, 그는 확인해 보겠다고 했다. 여러 명으로 구성된 전문의에게 자문하는 최종심사가 남았으니 결정이 나는 대로 연락하겠노라고.

여기까지 올 수 있었던 것도 그녀가 있기에 가능했던 일이다. 돈을 떠나 함께했던 일련의 과정이 내게는 새롭고 신선한 경험으로 다가왔다. 결과에 연연하지 않으면서도 포기하지 않는 여유가 부럽기까지 했다. 적지 않은 시간을 할애해 가며 사실을 증명하려고 한 그녀가 아니었다면 보험금은 물 건너간 일이 될 뻔하였다. 며칠 후 다른 보험에서 지급되는 소소한 입원비까지 오백삼십만여 원의 보험금이 입금되었다. 고맙다는 인사에 그녀는 사실대로 처리되어 다행이라며 싱긋이 웃어 보였다.

"의미 있는 곳에 쓰고 싶었습니다. 마이크와 앰프 구매해서 요양원 노래 봉사 다녀왔습니다. 감사한 마음으로 잘 사용하겠습니다."

사람 감동케 하는 방법도 여러 가지다. 오늘 아침에 그녀로부터 문자와 함께 노래로 재능 봉사를 하는 사진이 왔다. 그녀에게 잘 어울릴 것 같은 핑크 머플러를 상상하며 봉투를 건넸던 나로서는 무색하면서도 가슴이 뭉클했다.

얼마 전 식당 주차장에서의 일이다. 함께 점심을 먹고 나와 준비해간 봉투를 건넸는데, 그녀는 펄쩍 뛰며 거절했다. 한참 승강이를 벌인 끝에 출발하는 그녀의 차에 봉투를 던져 넣었다. 고마운 마음에서 전한 작은 촌지가 이렇게 몇 배의 기쁨으로 되돌아오다니. 보험설계사를 넘어 인생 설계까지 멋있게 디자인하는 그녀에게서 사는 법을 한 수 배운다.

명자

코흘리개 적 친구들과 야유회 가는 날이다. 일정은 삼천포를 거쳐 사량도에 있는 옥녀봉 등반이다. 사는 게 바빠 가뭄에 콩 나듯이 얼굴 내밀어도 마음 한쪽은 늘 그곳에 머문다. 어떤 친구가 올까. 얼마나 변했을까. 파릇하게 물이 오른 가로수와 삼삼오오 짝을 지은 상춘객의 모습에도 활기가 넘친다.

"야 너거는 잠도 없나" "소풍날도 잠자는 거 보이 니도 늙었는갑대이" 세월이 흐르긴 흘렀나 보다. 내숭 떨던 여식아도 부끄럼 타던 머슴아도 없다. 얼싸안고 안부를 묻다가도 새로운 친구가 도착하면 우르르 그쪽으로 달려갔다. 부산서 새벽에 나선 옥분이와 연이, 동창끼리 결혼해 추억도 두 배라는 남희. 언니 같은 총무 임선이, 내 단골 짝꿍이었던 재현이. 하나같이 소박하고 정겨운 고향의 모습이다.

잠시 후 황소라는 별명을 가진 친구가 나타나자 버스 안은 웃음바다가 되었다. 덩치만 컸지 개구장이 모습은 어릴 적 그대로기 때문이다. 아무리 세월이 흘러도 한눈에 알아보는 것은 우리끼리 통하는 암호처럼 우리만의 세월과 정서가 있기 때문일 것이다.

출발을 앞두고 총무가 마이크를 잡았다. 조금 있으면 명자가 도착할 거라는 깜짝 발표에 우리는 또다시 환호성을 질렀다. 졸업하고 처음이니 얼마 만인가. 명자의 출현은 그동안 연락이 닿지 않던 친구들에 대한 희망의 신호탄이기도 했다.

명자는 동네에서 떨어진 외딴집에 살았다. 자그마한 체구에 수줍음이 많은 아이였다. 그동안 어디서 어떻게 살았는지 30년이 넘는 세월 동안 소식이 없던 친구다. 내남없이 가난했던 시절이었지만 명자네가 살던 곳은 개울 건너 외딴집이었다. 밤이면 부엉이나 산짐승 소리가 들린다고 했다. 비가 많이 와 냇물이 불어나면 한참을 돌아서 다녀야 했고 전기도 들어오지 않는 곳이었다. 원래도 조용했던 명자는 점점 더 말이 없는 친구가 되어갔다. 쉬는 시간에도 책상에만 앉아 있고 어쩌다 등하굣길에 만나도 아는 체하지 않았다.

언젠가 친구들과 외딴집 근처로 물놀이를 가서 "명자야" 하고 불렀을 때도 명자는 대답을 안 했다. 가난과 가난보다 더 아팠을 무관심이 세상과 담을 쌓게 했는지도 몰랐다. 그 후로도 명자를 떠올리면 '소배이' 그 외딴집이 먼저 생각나곤 했다.

초등학교 동창은 두 개 반에 구십여 명이다. 여자 친구들은 대부분 결혼과 동시에 타지로 떠났지만 남자 친구들은 고향을 지키거나 고향 근처에 사는 경우가 많았다. 몇몇 출세해서 도회지로 나간 친구도 있지만 동창회를 만들고 이어온 건 고향을 지키는 친구들이었다. 부모님과 고향을 지키며 언젠가 찾아올 우리를 기다렸다.

왁자지껄한 친구들 속에서 살포시 웃기만 하던 명자도 말문을 열었다. 마산에 산다며 문득 친구들이 보고 싶어 첫차를 탔다고 했다. 쑥스러워하면서도 남편이 보낸 문자를 보여 주고 아들이 하나 있다고 했다. 스물세 살 된 아들 이야기를 할 때는 명자의 얼굴도 밝게 빛났다.

봄이 절정으로 향할수록 도로는 몸살을 앓았다. 휴게소마다 사람들이 넘쳐 났다. 화장실을 가기 위해 줄을 섰는데 언제 뒤따라 왔는지 명자가 내 손을 꼭 잡았다. 이런 광경이 처음이란다. 나도 처음이라며 명자의 어깨를 감쌌다. 자기가 나올 동안 화장실 앞에서 꼭 기다려 달라는 명자에게서 외딴집의 그 아이가 생각났다.

사량도에 도착한 후 일정이 장수봉으로 변경되었다. 고속도로에서 시간을 지체한 탓이었다. 힘들어하는 나와는 달리 명자는 씩씩했다. 다람쥐처럼 산을 오르고 친구들의 가방을 대신 들어주기도 했다. 친구들에게 둘러싸여 즐거워하는 명자를 보며 동창들도 흐뭇해 했다.

배가 삼천포에 도착할 즈음 어둠이 내리기 시작했다. 명자와는 그곳에서 헤어져야 했다. 마산과 가깝기 때문이다. 그리움의 세월에 비해 하루는 너무도 짧았지만 어두워지기 전에 가야겠다는 그녀를 잡을 수는 없었다. 남편이 챙겨주었다는 우산을 들고 씩씩하게 떠나는 명자는 이제 더 이상 외딴집의 아이가 아니었다.

후드득후드득…. 버스가 대구를 향할 때 빗방울이 떨어졌다. 누군가의 선창에 고향노래는 합창이 되어 울려 퍼졌다. 우리를 위해, 그리고 어디선가 고향을 그리워할 또 다른 명자를 위해.

마늘 품은 막창

안으로 들어서자 '나도 우리 집에서는 귀한 자식'이라는 아르바이트생이 큰소리로 맞이한다. 이어 '팀짱'이 자리로 안내한다. 그의 등에는 '친한 척하면 음료수는 공짜'라는 글귀가 적혀있다. 자리와 메뉴가 정해지면 '불돌이'가 달려와 불을 넣고 환풍기를 작동시킨다. 바빠서 서빙은 당연히 할 수가 없겠다. 오래된 이모들은 뒤에서 홀 전반을 매의 눈으로 살핀다. 잠시 후 주문한 고기가 나오자 '꾸이맨'이 가위와 집게를 들고 온다. 아들 또래인데도 고기 굽는 솜씨가 예사롭지 않다. 사장까지 직접 나서서 고기를 구워주고 서빙도 하는데, 그의 목표는 '오 년 뒤 중국 진출'이다. 재바르게 테이블 사이를 오가는 종업원들의 등에는 맡은 역할에 따라 기발하고 재미있는 문구가 적혀 있다.

대장-오 년 뒤 중국 진출했으면 좋겠다.

팀짱-친한 척하면 음료수 공짜.

불돌이-서빙은 안 할게요, 불 넣기 바빠서요.

이모-너무 바쁘면 고기 못 구워줘요.

꾸이맨-최고의 고기를 맛보게 해드리겠습니다.

알바-스티브잡스도 알바부터 시작했어요.

알바-나도 우리 집에서는 귀한 자식.

집 근처에 있는 돼지갈빗집 풍경이다. 가깝고 맛도 좋아 식구들과 자주 가는 편이다. 계산대 옆에는 "손님께서 짜다면 짤 것이고 달다면 달 것이고 맵다면 매울 것이다."라는 글귀가 커다랗게 적혀 있다. 고객의 입맛을 존중하겠다는 사장의 의지이자 경영 마인드일 것이다.

십 년 전만 해도 이곳은 공단이 인접한 변두리에 불과했다. 제대로 된 식당이나 편의시설도 없었다. 이삿짐 정리가 채 안 된 상태여서 친구나 손님이 오면 대접할 것이 마땅치 않았다. 지리도 낯설어 아쉬운 대로 그 식당을 이용했다. 시설이나 분위기는 형편없었다. 한번은 음식을 먹다가 방석에 개미가 기어 다니는 바람에 소동이 나기도 했다. 그런데도 꾸역꾸역 손님이 찾아오는 것은 근처에 갈 만한 데가 없었기 때문이다. 변방이 하루아침에 상전벽해가 되고 사람들이 몰려오기 시작했다. 돼지갈빗집은 자다가 일어난 사람처럼 우왕좌왕하며 찾아오는 손님도 제대로 감당하지 못했다. 결국 그 식당은 문을 닫았고 '내부공사 중'이라는 안내문이 붙었다.

변하지 않으면 살아남기 어렵다는 것을 직감했으리라. 몇 달 후 식당이 다시 문을 열었다. 내부뿐만 아니라 건물 외벽까지 깔끔하게 수리했다. 집기며 그릇도 모두 새것으로 바뀌었다. 간판도 바뀌고 수십 명의 종업원은 합숙훈련이라도 한 것처럼 일사불란하게 움직였다. 놀라운 일이었다. 바꾸지 않은 것은 사장과 주메뉴였다. 다수의 보편적 입맛과 머잖아 이곳이 지역의 중심지가 되리란 것을 그도 간파했던 것이다. 좋은 고기와 순 우리 양념으로 절인 갈비 맛이 입소문을 타면서 요즘은 자리가 모자랄 정도다.

식당이 음식 맛으로만 통하던 시절은 옛날이야기다. 외식문화가 발달하면서 다양한 서비스와 식자재의 질적 측면도 함께 생각하게 되었다. 시대적 흐름을 예측한 메뉴와 인테리어, 고객의 눈높이에 맞춘 종업원의 친절 등, 변화에 편승하지 못하면 점차 경쟁력이 떨어져 도태되고 말 것이다. 그런데도 많은 사람이 변화를 두려워하고 망설이는 까닭은 투자에 따른 경제적 비용과 이윤을 고려해야 하기 때문일 것이다.

며칠 전에 휴가 나온 아들과 동네에 있는 막창집을 다녀왔다. 워낙 소문난 집이라 자리가 있을까 했는데 마침 빈자리가 있었다. 그날따라 실내가 어수선해서 물었더니 일본에서 촬영하러 왔다고 했다. 수십 명의 촬영 스텝과 외국인과 연예인까지 왔다. 밖에는 대형 리무진이 대기하고 사람들은 호기심에 찬 눈으로 우리를 바라보았다. 막창 속에 마늘을 넣어 단지에 숙성시키는 기술이 일본 매스컴을 탄다고 생각하니 덩달아 우쭐해져 음식을 먹어도 품위 있게 먹어야 할 것 같은 분위기였다.

두 식당 다 사장의 나이가 삼사십 대다. 젊어서 그런지 아이디어가 톡톡 튄다. 한 집 건너 한 집에 같은 업종을 차려놓고 서로 원조라고 소송까지 불사하는 사람들과 비교하면 그들은 훨씬 신선한 경영 마인드를 가지고 있다. 손님이 많은 집은 그 나름의 이유가 있다. 현실에 안주하지 않고 끊임없이 연구하며 새로운 방법을 모색한다. 마늘과 막창의 만남은 낯설기 짝이 없다. 그것을 전통 옹기에 넣어 은은하게 숙성시켜 건강과 맛을 고려한 역발상은 고객의 뜨거운 반응을 불러왔으며 바다 건너 이웃 나라까지 관심을 보이기 시작했다.

중국 진출이라는 대장의 꿈은 이루어지리라고 믿는다. 어떤 분야에서나 성공신화를 이루는 사람은 창의적인 도전과 변화를 두

려워하지 않는다. 돼지갈빗집이라고 다 같은 집이겠는가. 남편과 자주 드나들며 애용하는 돼지갈빗집과 막창집은 이제 명소가 되었고 엄청난 스토리로 고객에게 감동을 준다.

외길

어디론가 떠나고 싶은 계절이다. 이심전심으로 몇몇 문우와 길을 나섰다. 동행한 이 선생님의 안내로 성주에 있는 방앗간을 찾아가기로 했다. 고령에서 성주로 넘어가는 국도를 따라 달리자 계절은 더욱 깊어져 있다. 이름 모를 들꽃과 코스모스가 하늘거리며 손짓을 하고 추수를 앞둔 황금 들판은 보기만 해도 가슴이 넉넉해진다.

놀며 쉬며 한 시간여를 달리자 마을 초입에 허름한 집채 하나가 보인다. 붉은 양철로 덕지덕지 엮은 그곳은 오래전에 시간이 멈춘 듯 허술해 보였다. 우리가 도착했을 때 마침 방송국에서 나와 촬영을 하고 있었다.

정미소의 진화로 겨우 명맥만 유지하던 낡은 방앗간이 세간에 알려지기 시작한 것은 얼마 전부터다. 바로 이 선생님의 소개로 지면에 기사가 나가고 난 후다. 덕분에 옛날 방식으로 방아를 찧는 그곳이 웰빙 바람을 타고 입소문이 나기 시작했다. 찾아오는 사람이 늘고 이제는 방송국에서 취재까지 나왔으니 잘된 일이라고 박수라도 쳐주고 싶은 마음이었다.

주인인 노옹의 연세는 90세로 방앗간을 인수한 지 70년이 되었다고 한다. 이십 대의 나이에 우연찮게 방앗간을 인수해 어려움이 많았다고 한다. 처음에 이곳은 물레방앗간이었는데, 인수한 지 얼마 되지 않아 지금의 모습으로 바뀌었다. 시간은 거기서부터 정지된 듯 높은 천정에는 거미줄이 또 다른 천정을 만들며 엉켜 있었다. 컨베이어벨트와 여러 기계에도 세월의 더께만큼이나 먼지가 쌓여 있었다. 소음도 심해 기계 옆에서는 대화할 수 없을 정도였지만, 그것은 개인의 삶이라기보다 우리의 역사라는 생각이 들었다.

시설만 그런 것이 아니다. 안전한 먹을거리를 생각하는 주인의 경영철학도 한결같았다. 여느 정미소처럼 쌀이 나오기까지 한 번에 여러 과정을 거치는 자동화를 마다하고 지금껏 수동을 고집하는 데는 이유가 있다. 하나의 과정이 끝날 때마다 충분히 열을 식힌 후 다음 과정으로 넘어가는 옛날 방식이 영양소 파괴를 줄이면서 밥맛을 좋게 하기 때문이다. 아흔이라는 연세가 믿기지 않을 만큼 건강한 모습은 그분이 살아온 삶과도 무관하지 않으리라.

이 선생님이 어르신에 관한 일화 한 가지를 들려 주었다. 어느 날 한밤중에 도둑이 들었다고 한다. 흉기를 들고 위협하는 도둑에게 "다시는 이런 짓 하지 마라."고 타이르며 장롱에 있는 거금을 스스럼없이 내주었다고 한다. 집에 돈이 있는 걸 용케 알고 들어왔다면 필시 아는 사람일 거라 여겨 그동안 가족에게도 이야기하지 않았다. 소문이 돌면 도둑은 물론 그의 가족까지 죄인으로 낙인찍혀 마을을 떠날 수밖에 없을 거라는 이유였다고 한다. 수십 년이 지나 우연히 여식에게 했던 이야기가 알려지면서 주위에서는 그를 '살아있는 부처'로 여긴다고 했다.

다양성과 변화를 요구하는 광속의 사회에서 묵묵히 신념을 지니고 한 길을 걸어가기는 쉽지 않다. 쉽고 빠른 길을 마다하고 힘들고 느린 길을 고집하는 것은 어쩌면 시대에 뒤떨어진 사람으로 보일 수도 있다. 하지만 칠십 평생 고집스럽게 외길을 걸어온 노옹의 모습을 대하니 쉽고 편한 길만 좇아가려는 요즘 세태가 부끄럽게 느껴졌다.

"돈이 궁하면 한 번 더 찾아올 낀데 안 오는 거 보이 어디서 마음잡고 잘 사는 갑다."라고 하시던 어르신의 독백 같은 말을 뒤로하고 돌아오는 길, 석양에 물든 방앗간이 깊어가는 계절처럼 아름답다.

가을의 기별

추석 -

시장을 봐 오는 길에 우편물을 가져와 식탁 위에 쏟아 놓는다. 백화점과 마트, 전자가게 등에서 추석맞이 할인판매를 한다는 내용이 대부분이다. 그 틈에서 사진 한 장이 툭 떨어진다. 뭔가 싶어 주워보니 웬 사과나무에 남편 이름이 적힌 팻말이 달려있다.

발신자가 남편이 자주 가는 옷가게로 되어 있다. 중년 아저씨의 패션이 거기서 거기인지라 그이는 사람만 좋으면 오케이다. 크게 부담스럽지 않은 가격과 직원들의 친절에 수년째 단골이다. 충주에 있는 어느 과수원과 자매결연하여 사과나무를 준비했다고 한다. 연이은 태풍에도 잘 자라고 있으며 곧 수확해서 집으로 보내

주겠단다.

'고객님의 성원에 보답고자' 라는 문구가 식상했지만, 여느 때와 기분은 달랐다. 단순히 상술이라고 하기에는 신선하고 감동도 있다. 사진 속의 나무는 고맙게도 튼실해 보였다. 가지마다 검푸른 잎사귀와 주먹만 한 사과가 탐스럽게 달려 있다.

사진을 보고 있자니 기분이 묘하다. 손길은커녕 눈길 한번 주지 못한 사과나무가 안쓰럽다. 그런데도 저 홀로 비바람을 견뎌내고 햇살에 열매 맺어 내게로 온다니 고맙다.

그리움-

뼈만 남은 앙상한 모습과 두 눈에 눈물이 가득 고인 사진을 보고 전화기를 들었다. 얼마 후 '후원자님에게' 로 시작되는 편지와 사진이 왔다. 아주 적은 금액인데 그중의 얼마가 잠비아에 있는 한 아동에게 가는 모양이었다. 뙤약볕이 내리쬐는 토담 앞에 아이는 맨발로 서 있다. 여덟 살이라고 했다. 축구를 좋아한다는 새카만 녀석의 눈빛이 어찌나 맑고 초롱초롱한지, 사진을 보며 한동안 흥분을 감추지 못했다.

지구 저편, 미지의 땅에서 날아온 편지는 그동안 일상에서 느끼던 감정과는 달랐다. 주는 것보다 받는 행복이 더 컸다. 책임감도 생겼다. 미약하나마 내 삶의 그림이 모양을 갖추어 간다는 자부심도 생겼다. 또박또박 쓴 답장에다 축구공을 넣어 부친 날은 종일 마음이 따뜻했다. 그러나 편지는 오래가지 못했다. 바쁘니까 나중에, 라며 시들해졌다. 두 번의 이사로 우편물도 끊어졌다. 알려고 하면 얼마든지 알 수 있는 것을 차일피일 미루었다.

부끄럽게도 진심으로 베푸는 방법을 알지 못했다. 알량한 몇 푼으로 할 일을 한다고 여겼을 거다. 마음도 자동이체가 되면 얼마나 좋을까. 그들이 바라는 건 사랑과 관심일 텐데, 통장을 확인하는 것으로 그나마 마음의 짐을 덜고 있다.

가을이면 생각나는 그 아이, 부디 건강하고 따뜻한 사람으로 자라주길 기도한다.

비보-

여름 끝자락에 비보가 날아들었다. 그녀가 세상을 떠났다고. 처음 입원 소식을 들을 때가 여름이 시작될 무렵이었으니 오십여 년의 생을 정리하는 데 한 철도 걸리지 않은 셈이다. 우리와는 나이도, 아이들도 비슷하다. 큰아이가 군에 갔다 와 복학했고 둘째인 딸은 대학 졸업반이다. 어려운 시절에 입사해 이십 년 가까이 한솥밥을 먹으며 가족처럼 지냈다.

그녀의 사인은 혈액암이었다. 멀쩡하던 사람이 구토 증세가 있어 병원에 갔더니 말기라고 했다. 어제까지만 해도 밥 먹고 웃고 집안일을 하던 사람이 당장 물 한 모금도 받아들이지 못한다니 기가 막혔다. 아무리 생명을 주고 거두는 일이 하늘의 뜻이라지만 해도 너무 한다 싶었다. 그녀는 죽음 직전까지도 검사를 받으러 다녔지만 결과는 마찬가지였다.

그녀 몰래 눈물을 삼켜야 했던 남편과 가족은 또 얼마나 힘들었을까. 내가 병원으로 찾아갔을 때도 그녀는 검사 중이었다. 몸은 그새 반쪽이 되었고 남은 반쪽조차 여러 개의 호스와 주삿바늘이 꽂혀 있었다. 다시 오마 하고선 가질 못했다. 어떤 말도 위로가 될 수 없음이 미안하고 죄스러웠기 때문이다. 좋은 사람은 하늘이 알고 먼저 데려가는 모양이다.

그래지 가을이 되면 주위가 자꾸 헐거워진다.

태풍-

그녀를 보낸 사나흘 동안 날은 어둡고 침울했다. 수목장으로 장례를 치르고 오던 날, 기다린 듯이 태풍 산바가 반경 안으로 들어왔다. 비는 밤새도록 내리퍼붓는다. '슬픔도 시간 속에 풍화되는 것' 이라면, 정말 그런 거라면 그녀와 남은 가족을 위해 그 시간이 좀 더 당겨졌으면 하는 바람이다. 밤새 텔레비전에서 태풍에 대비하는 요령을 내보내고 있다. 그런데도 화면에는 온통 쓰러지고 무너진 것들로 가득하다. 선잠에서 깨어나 앉았으니 생각이 낮은 곳으로 향한다. 어서 날이 밝아야 두루 전화해볼 텐데, 태풍에도 끄떡없이 건강하시라고. 그러면 형님은 또 그러실 거다.

"어쩔거나 하늘이 하는 일을, 그런 줄 알고 살아야재"

체념인지 긍정인지 모를 그 말의 의미를 이제 내가 알아가는 중이다.

공차는 아이들

“이씨 가시나가”

도심 창밖에서 들려오는 매미 소리가 유년의 기억을 흔들어 깨운다.

느닷없이 튀어나온 그 말이 상황 종료가 될 줄이야. 적진을 누비던 함성과 움직임도 뚝, 요란하게 울어대던 매미 소리도 뚝 그쳤다.

배꼽마당에서 친구를 기다리고 있는데 골목이 시끌벅적했다. 잠시 후 뒷집 오빠를 선두로 우리 오빠와 그 일행이 나타났다. 오, 나의 구세주! 단숨에 경운기(오래전부터 방치된, 고장 난 경운기)에서 뛰어내려 쪼르르 달려갔다. 오빠 손에는 보물 1호인 축구공도 들려 있었다.

"헤헤 오빠 어디 가?"

"으응 저기…… 니이 엄마가 찾더래이"

나와 눈이 마주치는 순간 오빠의 당황하는 표정이라니. 옆에 서 있던 친구들도 난감해하는 눈치다. 하지만 그 속을 내가 모를 줄 알고.

위로 오빠가 넷이나 되는 나를 엄마는 늘 선머슴아라고 걱정했다. 이제 겨우 나이 열 살이건만 도대체 시집은 갈 수 있겠느냐는 엄마가 내 생각엔 도로 걱정이다. 명자와 옥희는 동생 때문에 맘대로 놀 수가 없고, 영애는 너무 얌전해서 내 스타일이 아니다. 아버지가 장로인 명화는 교회에서 매일 피아노 연습해야 한대나. 남자들이 득실대는 우리 집에서는 금기 사항도 많다.

친구들과 거랑에 멱 감으러 가는 것은 애당초 꿈도 못 꿀 일이다. 냇가에 빨래하러 가는 친구들이 부러워 엄마를 조르면 찌그러진 세숫대야에 걸레 몇 개 담아 주고는 비누도 주지 않았다. 어른처럼 바짓가랑이를 척 걷어올리고 허연 비누 거품을 일으키며 옷을 치대고 방망이질하는 친구가 얼마나 부러웠는데…. 나물 캐러 가는 것도 그래. 친구들이 뜯어온 나물은 그날 밥상에 오르는데 내가 캐온 나물은 죄다 버려졌다. 흙 반 풀 반이라 먹을 게 없단다. 그러니 오빠를 따라다니는 것이 훨씬 신나고 재미있었다.

막내 오빠는 나보다 두 살 위다. 키는 나랑 비슷하지만 공부면 공부, 운동이면 운동 못 하는 게 없다. 딱지치기나 구슬치기도 아마 근동에서는 제일 잘할 거다. 아버지가 구슬이나 딱지를 사 줄 리 없는데도 작은방 낡은 서랍에는 오빠가 획득한 전리품이 가득했다. 동네 어른들도 오빠를 보면 "고 녀석 참"이라며 머리를 쓰다듬어 주었다.

학교에서 반장인 오빠 주위에는 늘 친구들이 많았다. 수시로 우리 집을 드나들며 나를 어린애 취급하는 건 별로였지만, 아주 기분 나쁜 건 아니었다. 나는 어른들 앞에서만 그들을 오빠라고 부를까 좀체 오빠라고 하지도 않았다. 그런데도 오빠 친구들이 나를 함부로 대하지 않는 건 순전히 우리 오빠 때문이란 걸 안다.

오늘은 아주 운이 좋은 날이다. 오랜만에 마을 끝에 있는 야산에 갈 수 있기 때문이다. 맑은 날이면 저 멀리 낙동강 둑이 한눈에 들어오는 곳인데 언제부턴가 금지 구역이 되었다. 작년에 멧돼지가 나타나 봉분을 파헤치고 난 후부터 밤마다 귀신 소리가 들린다는 것이다. 설마 했으나 근처에 사는 친구가 두 귀로 들었다니 안 믿을 수도 없는 노릇이었다.

음지와 양지가 편을 갈라 축구시합을 하기로 했는데 한 사람이 오지 않았다. 선수가 한 명 모자란다는 이야기다. 혹시나 했던 대로 내가 우리 오빠 편이 되었다. 오빠가 내게 다가오더니 내 포지

선이라며 맨 뒤에다 자리를 정해 주었다.

"그냥 서 있기만 하면 돼 나서지 말고"

"응 오빠, 걱정 마"

오빠가 입에 손을 갖다 대자 신기하게도 호각소리가 났고 함성과 함께 경기가 시작되었다. 오빠는 언제나 선수이면서 심판이었고 심판이면서 감독이었다. 나는 그런 오빠가 든든하고 자랑스러웠다. 태양은 뜨겁게 내리쬐고 끝없이 펼쳐진 들판은 초록 물결로 넘실거렸다. 어디서 한줄기 바람이 불어왔지만, 그들의 열기에는 턱도 없었다. 하나같이 얼굴이 벌겋게 달아오르고 땟물이 줄줄 흘렀다. 배꼽마당에 엎드려 구슬치기할 때와는 영 딴판이었다. 오늘만큼은 오빠들이 멋있어 보였다.

"야 패스 패스"

"야 걸로 차마 우야노 일로 차야지"

"식이 간다 막아라."

고함과 발길질이 뒤엉켜 한여름 창공으로 울려 퍼졌다. 공을 좇아 우르르 몰려올 때는 부딪힐까 겁났다. 만화책에서 본 전쟁 장면 같았다. 그들은 용감한 무사가 되어 멋진 대결을 벌이고 있었다. 그러나 우리 오빠의 활약에도 불구하고 우리 편이 3:2로 지고 있었다. 나는 뒤에서 주먹을 쥐었다 발을 구르다 나중에는 애가 타기 시작했다.

공이 우리 쪽으로 날아온 것은 그때였다. 하지만 안타깝게도 우리 쪽에 우리 편은 없었다. 순간 어디서 그런 힘이 나왔는지 나도 모르게 뛰어올라 공을 잡고는 그대로 넘어졌다. 오빠가 달려오다가 멈칫하는가 싶더니 모든 시선이 내게로 쏠렸다.

"핸들링 핸들링 야 핸들링이다 하하하…."

"이 씨 가시나가"

그때까지 몰랐다. 우리 편인 종길이 오빠가 왜 그런 말을 했는지, 오빠가 달려오다 말고 왜 멈춰섰는지, 그리고 왜? 우리 오빠가 종길이 오빠에게 한마디도 못했는지 영문도 모른 채 나는 의기양양했다. 내 손으로 공을 잡았어, 내가 오빠 편을 구한 거야.

그날처럼 오빠가 화를 낸 것은 처음이었다. 오빠 옆에는 얼씬도 못 하고 혼자 배꼽마당을 서성이다 왔다. 밤새 손바닥이 얼얼해도 아버지께 일러바칠 생각을 하지 못했다.

유년 시절로 주파수를 맞추면 먼저 떠오르는 기억이다. 음지와 양지 웃뜸 아랫뜸 황새만리 건너만리 등미 소배이골…. 남들은 알아듣지도 못할 내 고향 산천의 이름과 그리운 추억은 영원히 잊지 못할 것이다.

마지막 원고

기가 찰 노릇이다. 매사 차분하다가도 가끔 허둥대며 일을 저지르는 내 모습이 다른 사람처럼 낯설게 느껴진다. 해거름에 가까이 사는 친구로부터 전화가 왔다. 집 앞으로 갈 테니 바람도 쐴 겸 같이 마트에 다녀오자는 것이다. 마침 저녁 찬거리도 마땅찮던 참이라 그러자고 했다. 친구 집이 엎어지면 코 닿을 곳이니 마음이 급했다. 부랴부랴 장바구니와 지갑을 챙겨 나오는 길에 쓰레기와 세탁소에 맡길 양복바지를 들고 나왔다. 분리수거를 하는 동안 세탁소에 가져갈 바지는 한쪽에 곱게 올려 두었다.

친구와 느긋하게 장을 보고 집으로 왔다. 옷을 갈아입다가 튕기듯이 바지 생각이 났다. 그것도 바지를 어디에 올려둔 것까지만 생각나고 그다음은 도무지 생각나지 않았다.

이럴 수가, 허둥지둥 아파트 쓰레기장으로 달려갔다. 그새 분리수거함은 물론 바닥까지 말끔하게 물청소가 되어 있었다. 아파트 관리실은 이미 불이 꺼진 상태여서 경비실로 달려갔다. 그 시간 청소 담당자와 연락이 닿았지만, 바지의 행방은 묘연했다. 산 지 열흘도 되지 않은 새 바지인데다 남편이 무척 마음에 들어 하던 것이다. 혹시나 싶어 쓰레기통 주변을 샅샅이 뒤지고 헌 옷 수거함까지 확인하고 돌아서는데 그제야 내 행색이 눈에 들어왔다. 갈아입다 만 얇은 셔츠에 양말도 신지 않은 맨발이었다. 초겨울 밤 공기는 왜 그렇게 차가운지, 허탈감과 추위가 한꺼번에 몰려왔다.

11월도 마지막 한 주를 남겨 놓고 있다. 새해 계획을 세우고 실천을 다짐한 것이 엊그제 같은데 벌써 한 해를 정리해야 할 시간이 다가오고 있다. 책상 앞 달력에는 집안 대소사를 비롯해 여러 모임의 송년회 일정이 빼곡하게 적혀 있다. 정신을 놓고 바지를 잃어버린 것이 대수는 아닐 것이다. 허둥대며 살아온 시간조차 다시는 돌아오지 않는다는 사실이 더 가슴 저리게 하는 나이가 되어 버렸다. 어쩌겠는가. 차분하고 이성적이기를 바라지만 허둥대는 모습도 내 삶의 일부라고 생각하며 마음의 위로로 삼는다.

"너무 빨리 달리면 영혼을 놓칠 수 있다."라는 인디언 속담이 있다. 유난히 바쁜 한 해였다. 어찌 보면 두서도 내용도 없이 주어진 책임을 다하기 위해 하루하루를 소진하기에 급급했던 시간이었다. 그런 와중에 '대일산필'과의 만남은 소중하고 의미 있는 일이었다. 독자와의 소통은 차치하고라도 스스로 나 자신을 진단하고 시험하는 기회라고 생각했다. 턱없이 모자라는 지식과 언어의 운용으로 한계에 부딪히며 답답해하기도 했다. 내가 쓰는 글은 언제나 부족하고 실수투성이인 내 모습의 반영일 것이다.

이제 오늘의 글이 마지막 원고다. 매주 한 편의 글을 쓰는 일은 내 능력에 부치고 적잖은 부담이었지만, 나름 행복한 시간이었다. 허둥지둥 원고를 마감하고 글이 신문 지면에 활자화되면 늘 아쉽고 부족한 '나'가 글 속에 있다. 그런데도 매주 월요일 아침을 기다리고 격려해준 분들께 감사드린다. 한 해를 마무리하는 계절이다. 부족했던 자신과 그동안 소홀했던 주변을 돌아보며 또다시 새로운 각오를 다진다. 끝은 또 다른 시작이므로.

〈해설〉

윤리적 자아의 확립과 자기완성으로서 글쓰기

신재기 | 문학평론가, 경일대학교 교수

1. 자기 다듬기로서 수필 쓰기

수필의 주된 재료는 수필가의 실제 경험이다. 수필가는 자신의 경험을 특정한 주제를 중심축으로 하여 구성하고 해석한다. 구성과 해석은 경험과 관련하여 자기의 사유와 감정을 표현하는 일이 주를 이룬다. 그 사유와 감정은 대체로 인간 존재와 세계에 관한 수필가의 관점이라고 할 수 있는데, 언어로 바뀌면서 특별한 의미로 고정된다. 수필 쓰기는 이처럼 무엇을 말하거나 표현하는 것이기도 하지만, 한 작가의 연속적 글쓰기라는 측면에서는 수필가 자신을 다듬어 완성해 가는 과정이라 할 수 있다. 물론 자기완성이란 없다.

다만 그것을 향해 나아가는 구체적 과정이 있을 뿐이다. 수필 쓰기를 통해 자기 존재를 성찰하고 삶의 결핍을 조금씩 채워가는 것이 완성의 과정이 아니겠는가? 그것은 물질적 욕망에 끌려가는 자신을 다잡고, 인간의 품성을 지키겠다는 윤리의식의 끈을 팽팽하게 거머쥐는 것이기도 하다. 또한, 이러한 자기완성 과정에는 타인에 대한 연민과 배려가 따르기 마련이다. 내 존재와 삶은 타인과의 관계 속에서 구체화되므로 타인을 비켜난 자기완성이란 불가능하다. 따라서 자기완성으로서 수필 쓰기는 나에게만 시선을 집중하는 것이 아니라, 내 주위를 살피면서 더불어 살아가는 삶의 태도를 확대하는 일이기도 하다.

수필집 『집으로 오는 길』에 드러나는 윤애자 수필의 특징을 한마디로 말하면, 자기완성으로서 글쓰기라고 할 수 있다. 이 작품집을 읽어가는 내내 자기 자신을 다듬어 가는 작가의 차분하면서도 진정성 넘치는 언어를 만날 수 있었다. 그 언어는 작가의 요약된 관념이나 가르침을 담은 것이 아니라, 다양한 인간관계나 스토리를 통해 삶의 구체적 현실로 드러난다. 삶의 이야기 틈새를 타고 작가의 따뜻한 인간애가 이어진다. 윤애자 수필에 흐르는 따뜻한 인간애는 자기보다 타자를 중심에 두고 자신을 낮추는 겸손에서 우러나온다. 자신을 중심에 세우고 세상을 해석하고 타자를 비판하는 것이 산문의 일반적인 화법인데, 그는 이런 화법을 최대한 자제한다.

어떤 특정한 대립이나 갈등 상황에서도 화자가 먼저 화해와 온정의 손길을 내민다. 이는 수필적 화자가 흔히 보여주는 상투적인 윤리 의식이 아니다. 수필가 윤애자가 창작을 이어가면서 자신을 다듬고 비워가는 데에서 생성되는 인간적 품격이고 마음의 향기다.

작품 「다반사」를 보자. 아파트 같은 동에 사는 어떤 어르신이 지하 주차장에서 실수로 화자의 차를 크게 파손하는 사고를 냈다. 그 어르신은 자신이 판단력이 흐려져 사고를 냈다고 하면서 화자에게 미안해하고 자책한다. 더욱이 "불편을 끼쳐 죄송하다며 늙은이의 실수를 관용으로 베풀어 달라는 내용"의 편지까지 보내온다. 가슴 뭉클한 감동을 느낀 화자는 자신이 언젠가 사고를 낸 후 모든 뒤처리를 보험회사에 맡기고 피해자에게 진정하게 사과하지 못한 마음의 빚을 떠올린다.

> 잘못하고도 변명하는 목소리가 더 큰 세상이다. 오늘 어르신의 모습이야말로 진정한 용기며 관용의 시발점이라는 생각을 해보았다. 차는 5일간의 수리에 들어갔다. 조금 불편하면 어떠랴. 다반사茶飯事로 일어나는 일에도 선후 올바른 처신이 필요하다는 사실을 배웠기에 마음이 따뜻했다.
>
> 「다반사」에서

화자는 자신과 무관하게 이웃 사람으로 말미암아 물질적 손해를 입었다. 하지만 이 사건을 겪으면서 남과 더불어 살아가는 데 요구되는 자세와 윤리의식을 깨닫는다. 즉, 어떻게 행동하고 어떤 태도를 보여야 인간다운 품격을 유지할 수 있는지를 배웠던 것이다. 이 배움이 자신의 마음을 따뜻하게 해주었다고 말한다. 이 같은 '배움'이 바로 윤애자 수필의 특성이고 강점이다. 배움의 태도에 거부나 비판보다는 긍정과 수용이, 주장과 가르침보다는 화해와 겸손이 내장해 있다. 따뜻한 인간애가 그의 수필 전편을 관통하는 까닭도 여기에 있다.

배움의 출발은 자기 자신의 부족함에 대한 인식을 바탕으로 한다. 자신 안에 빈터가 많다는 것을 깨닫는 데에서 배움이 시작되기 때문이다. 윤애자에게 수필 쓰기는 자기 내면의 빈 공간을 채워가는 자기완성의 과정이고, 그것이 배움의 형식으로 드러난다고 했다. 이를 잘 말해 주는 것이 자신의 부족함을 솔직하게 드러내는 다음과 같은 발언이다.

> 독자와의 소통을 차치하고라도 스스로 나 자신을 진단하고 시험하는 기회라고 생각했다. 턱없이 모자라는 지식과 언어의 운용으로 한계에 부딪히며 답답해하기도 했다. 내가 쓰는 글은 언제나 부족하고 실수투성이인 내 모습의 반영일 것이다.

(중략) 매주 한 편의 글을 쓰는 일은 내 능력에 부치고 적잖은 부담이었지만, 나름 행복한 시간이었다. 허둥지둥 원고를 마감하고 글이 신문 지면에 활자화되면 늘 아쉽고 부족한 '나'가 글 속에 있다.

「마지막 원고」에서

어느 신문에 에세이 연재를 끝내면서 자신의 글쓰기 능력이 부족하다고 고백하는 부분이다. 전후 문맥을 따라 읽어보면, 이런 진술이 자기방어를 위한 심리적 전략이거나 상투적인 겸손이 아님을 금방 알 수 있다. 있는 그대로 자기 자신을 보여준다. 여기에는 부족하니까 배우고, 배워서 부족함을 채워간다는 확고한 자기 논리가 전제되어 있다. 비록 작가 자신은 인식하지 못했을지 모르나, 그의 수필집 전체에는 글쓰기에 대한 그만의 개성적인 관점이 무의식적으로 작동한다. 그것이 바로 자기 다듬기로서, 혹은 자기완성을 위한 과정으로서 글쓰기이다.

2. '땅내'로 비유된 어머니

아마 수필 창작을 시작하면서 가장 많이 취하는 글감이 가족 이야기일 것이다. '나'에 관해 이야기하는 것이 수필의 기본 문법이라면, 가족 이야기는 수필의 중심 화제가 될 수밖에 없다. 그래서 가족 이야기를 풀어가는 색채와 방법이 그 수필가의 개성을 규정하는 핵심 요소라고 하겠다.

현재 우리 수필의 중심에 서 있는 세대는 오륙십 대다. 이들이 1950년대나 1960년대에 태어나 사회적 자아를 넓혀가던 유년 시절에는 경제적 가난 속에서 전통적 유교 문화를 체득하며 성장했다. 하지만 우리 사회가 1970년대 이후 본격적인 산업사회로 접어들면서 이들의 전통적 가치관은 조금씩 와해하기 시작했다. 서구 자본주의 체제와 그에 따른 물신주의가 확고부동하게 정착하자 생활과 의식에서 급격한 변화가 일어났다. 무엇보다 가족제도에 불어 닥친 거센 변화의 바람은 상상을 넘어섰다. 대가족제도가 핵가족제도로 바뀌었다는 설명으로는 그 변화의 변죽만 울릴 뿐이다. 가족해체라는 개념으로도 충분하지 않다. 변화가 너무 다변적이라서 윤곽조차 잡기 어려울 정도다. 이 현기증 나는 사회문화의 변화를 수용하는 데에는 누구에게나 적잖은 갈등과 마찰이 있었고, 인내도 필요했을 것이다. 그런데 변화의 거센 물줄기는 누구도 거역할 수 없다. 전통적 가치관이 몸에 밴 세대도 불만과 혼란과 아쉬움이 교차하는 가운데에서 새로운 흐름에 서서히 끌려들어 갔다. 가족 이야기를 화제로 취한 수필 대부분은 이러한 신구 가치관이 서로 맞서는 국면에서 작가에게 깊이 각인된 경험을 구성했다.

가족 이야기를 담고 있는 윤애자 수필은 어떤 모습인가? 그는 1960년대 농촌에서 유년을 보내면서 가족의 전통적 가치를 학습했고, 산업사회로 전환되면서는 핵가족의 중추적 역할을 담당하는 아내와 어머니로서 변화하는 시대를 살았다. 그런데 그의 수필에는 상이한 가족제도의 두 가치가 조화롭게 화합한다.

화자는 대학교에 다니다가 군에 입대한 두 아들에 관해 작품집 곳곳에서 이야기한다. 이런 작품에 나타나는 이야기를 따라가 보면, 화자는 앞장서 부모의 뜻대로 아들을 이끌고 가려 하지 않고, 아들의 생각과 결정을 믿어주고 후원하려고 애쓴다. 부모로서 자식한테 바라고 기대하는 바 없지 않지만, 그것이 어디쯤에서 끝나야 한다는 것을 알고 있다. 큰아들은 고등학교 때부터 댄서의 꿈을 키워왔다. 오늘날과 같은 경쟁사회에서 그 길은 험난할 수밖에 없음이 뻔한데, 부모가 아들의 선택을 선뜻 동의할 수 있겠는가? 말릴 수밖에 없었으리라. 그러나 화자는 생각을 바꾸어 아들에게 응원을 보내기로 한다.

고심 끝에 지금이란 시간은 잠시 접어두기로 했다. 저라고 쉽게 내린 결정이 아니란 걸 안다. 어쩌면 방황일 수도 있는 지금 이 시간이 아들을 더 강하게 키워 줄 수도 있다. 결과를 떠나 저 스스로 길을 찾을 때까지 기다릴 참이다. 불안한 눈빛은 거두고 큰 소리로 응원하면서 말이다.

「광화문 연가」에서

자식의 뜻을 존중하고, 그가 자율적으로 행동하고 자립심을 지니도록 도와주어야 한다는 것은 오늘날의 산업사회나 디지털문화 시대에 와서 정립된 가치이다. 이제 가족 구성이 수직적 관계에서 수평적 관계로 바뀌었다. 가부장적인 사회 윤리와 가치에 익숙한 부모는 개인의 자유를 최대한 인정하는 이 같은 가치관을 받아들이기가 쉽지 않다. 그것은 이성이나 지식으로는 가능할지 모르나 자신이 직접 관계될 때는 실천하기가 어려운 일이다. 하여튼 가족 관계에서 보여준 작가의 가치관은 개방적이고 합리적이다.

그렇다고 가족관계에 관한 윤애자의 가치관이 편향된 것은 아니다. 개방적인 측면을 보이지만, 한편으로는 전통적 가치관에 깊이 뿌리를 내리고 있다. 작가의 시집은 전남 여수다. 결혼 후 줄곧 살았던 대구에서 왕래하기엔 먼 거리다. 특히, 화자의 신혼 때는 교통이 불편해 명절에 시댁 가는 일이 여간 힘들지 않았다. 하지만 여러 작품에 나타나는 내용을 보면, 작가는 시어른이나 다른 시댁 식구들과의 관계가 아주 원만했다. 여러 작품에서 세상 떠난 시어른을 회고하는데, 갈등의 조각은 어디에서도 발견할 수 없다. 화자는 한결같이 그들의 삶을 연민의 시선으로 바라본다. 시가 형제간의 우애도 돈독하다. 화자가 윗동서나 시아주버니를, 혹은 시동생이나 외국인 아랫동서를 생각하는 마음은 곡진하다. 작품 「빈자리」에서 화자는 맏며느리인 형님이 세상을 떠난 후 가족 대소사에서 형님의 자리가 얼마나 큰가를 느낀다. 그러면서 질부에게 마음속으로 "구들장처럼 두텁고 따뜻한 그 정이 삶과 죽음의 경계를 넘었다고 쉽게 변할 수 있을까. 빈자리가 식지 않도록 가슴에 불을 지피고 가족 간의 온기를 잘 유지하는 것이 남은 우리의 몫"이라는 말을 해주고 싶다고 한다. 「은규에게」라는 작품은 작은어머니로서 작가가 맏조카에게 보내는 편지글이다. 부모 이상으로 따뜻한 사랑의 말을 건넨다. 대가족제도에서나 볼 수 있는 훈기 넘치는 모습이다. 가족관계의 전통적 가치를 고스란히 간직하고 있는 셈이다. 그것이 시대에 안 맞아 어색하다는 느낌을 주지 않는다. 오히려 가족관계에서 우리가 회복해야 할 가치가 무엇인지를 에둘러 말해준다. 핵가족의 비인간적인 측면이 갈수록 강하게 노출되는 현재, 우리의 전통적인 가족관계가 가진 가치를 새삼 확인시켜 준다.

가족 이야기 수필에 드러나는 수필가 윤애자의 작가 정신은 '땅내'라는 비유로 집약된다. 땅의 냄새라는 뜻의 '땅내'는 땅 기운을 말한다. 모든 식물과 곡식은 땅 기운을 받아 자라고 열매를 맺는다. 다만 땅은 모든 식물에 기운을 베풀지만, 결과는 그것을 받아들이는 쪽에 의해 결정된다. 그래서 작가는 "땅내를 맡고 자라는 것은 각자의 몫이다. 텃밭의 채소들은 땅을 원망하지 않는다. 자신의 힘으로 땅의 기운을 받아 자기 나름의 모습과 색깔로 열매를 맺는다."(「땅내」에서)라고 한다. 중요한 것은 땅이 있다는 점이다. 땅은 무엇을 비유하는가? 바로 대지, 즉 어머니다. '땅내'라는 비유에서 알 수 있듯이, 한 가족의 핵심은 바로 '어머니'라는 것이다. 땅 기운이 대지의 모든 생명체에게 골고루 미치듯이, 어머니의 사랑과 포용이 가족 구성원에게 따뜻하게 전달될 때, 그 가족은 온전하고 행복할 수 있다. '땅내'로서 어머니의 역할과 애정이 가족을 건재하도록 한다는 것이 윤애자 가족 이야기 수필의 중심 메시지다.

3. 고향과 과거로의 추억 여행

윤애자의 수필 세계에서 중요한 의미를 차지하는 것 중의 하나가 과거를 기억하는 내용이다. 작품 수는 큰 비중을 차지하지는 않는다. 그리고 과거 기억이 독립된 하나의 작품을 구성하기 보다는 중간에 끼어들어 전체 의미를 구축하는 데 긴요한 역할을 하는 경우가 많다.

누구나 과거를 기억하는 수필을 즐겨 쓴다. 이는 당연한 현상이다. 왜냐하면 과거 경험을 완결된 하나의 의미체로 구성하는 것이 수필 창작의 기본이기 때문이다. 수필의 가장 고유한 능력은 물밑 깊이 가라앉은 혹은 지워진 지난날의 삶과 추억을 건져 올려 되새김질할 수 있다는 점이다. 과거와 현재는 개념상으로는 구별되지만, 둘은 연결된 하나다. 지나간 세월은 오늘과 연결되어 있기에 가라앉아 묻혀가는 그것을 찾아내어 의미를 부여하는 것은 오늘의 삶을 더욱 풍성하게 하는 일이다. 지금의 '나' 자신을 제대로 파악하고 앞으로 나갈 길을 설정하는 데에는 과거에 관한 통찰이 필요하다. 영광이었든 상처였든 간에 과거 삶은 어떤 방식으로든 오늘 내 삶의 한 부분으로 작동한다. 수필의 과거 여행은 그 연결의 끈을 찾아 나서는 작업이 아니겠는가?

윤애자 수필에서 과거로의 여행은 주로 고향과 유년을 추억하는 것에 집중한다. 장년이나 노년의 삶을 살아가는 어른한테 농촌의 고향과 그 속에서의 유년 체험은 아름다운 추억이다. 그때가 아무리 가난했다 하더라도 그것조차도 가슴을 울리며 아련한 추억으로 되살아난다. 그런 유년의 기억은 따지고 보면 특별한 의미도 없는, 너무나 시시한 일상에 불과하지만, 오늘의 마음은 언제나 그때로 돌아가고 싶어 한다. 유년의 체험을 되살리는 작품에는 별다른 의미를 부여할 필요가 없다. 아름다운 추억이라는 이유 하나만으로 수필이 될 수 있다. 그 시절은 자기만의 소중하고 고유한 시·공간이었기 때문이다. 윤애자의 작품도 마찬가지다. 어릴 때 고향에서 뛰어놀았던 세계로의 회귀는 원초적이고 무의식적인 것이다. 거기에는 특별한 이유가 없다. "음지와 양지 웃뜸 아랫뜸 황새만리 건너만리 둥미 소배이골…. 남들은 알아듣지 못할 내 고향 산천의 이름과 그리운 추억은 영원히 잊지 못할 것이다."(「공차는 아이들」에서)라고 했다. 다른 어디에도 없는, 자기 고향만의 언어는 영원한 추억으로 남아 있다. 그 언어를 지금 활용하지 않지만, 화자의 무의식 속에 아름다운 기억으로 간직되어 있어, 언제든 호출하면 유쾌한 얼굴을 내민다. 그것은 고갈되지 않는 삶의 원천수다.

작가는 작품 「그곳에 가면」에서 고향을 좀 더 객관적인 관점에서 사유한다. 시댁의 먼 친척의 혼사에 참석하기 위해 남편과 서울에 갔다. 남편은 고향인 전남 여수를 떠나 대구에 정착한 지 삼십여 년이 되었다. 예식장에서 고향 사람들과 오랜만에 만났다. "타향에서 밀알처럼 흩어져 사는 고향 사람들이 한자리"에 모였다.

> 식당 한쪽을 고향 사람들이 차지하고 앉아있다. 버스는 경적을 울리며 갈 길을 재촉하는데 취기가 오른 사람들은 일어날 생각을 않는다. 전설 같은 옛이야기를 하고 또 한다. 언제 또 만날까. 다시 만날 수 있을까. 떠나는 사람도 보내는 사람도 아쉬움에 또 한 잔이다. 아까부터 남편이 보이지 않아 주위를 둘러보았다. 일찍 고향을 떠나 목자가 된 집안 형님과 복도에서 이야기하고 있다. 고개를 끄덕이며 이따금

시계를 들여다보는 그도 쉽게 자리를 뜨지 못한다.

「그곳에 가면」에서

고향은 어떤 개념으로도 설명할 수 없다. 그것은 인간 본원의 원초적인 정서를 불러일으킨다. 고향을 떠났을 때 고향이 생긴다. 그 고향은 돌아가고 싶은 영원한 시간이고 공간이다. 그곳에는 유년과 흐르는 세월이 있고, 이별과 만남이 공존하고, 궁색했지만 아름다운 추억이 깃든 곳이다. 농경사회에서 산업사회로 전환하면서 고향의 정서는 점점 희미해져 간다. 그러기에 더욱 고향이 그립고, 고향사람을 만나면 반가운 것이다.

작품 「외출」은 "옹색한 젊음에 자신을 묻고 배회하던 기억"을 찾아가는 작품이다. 30여 년 전 답답하고 궁상스러운 청춘의 날을 보내던 시절, 자주 시외버스를 타고 탈출구가 되어 주었던 친구를 찾아 오갔던 그 정류장에 와 있다. 그때 북적거리고 활기 넘치던 공간이 지금은 을씨년스럽기까지 하다. "그 속 어딘가에 우리의 뜨거운 청춘도 있으련만 이제는 다만 추억하고 그리워할 수밖에 없는 나이가 되었다." 긴 시간을 훌쩍 넘어온 시점에서 지난 시절의 공간도 퇴색하기 마련이다. 시간의 흐름은 공간의 변화를 가져오지만, 변화한 공간을 마주하는 순간 시간의 흐름이 크게 부각된다. 과거에 대한 기억은 아름다운 추억을 건져 올리는 동시에 한편으로는 삶의 쓸쓸함과 무상함을 느끼게 한다. 시간과 공간의 변화를 마주하는 작가의 정서가 이 지점에서 차분하게 펼쳐진다. 이러한 작품에서 작가는 정서적 반응을 중심에 두고 주제나 메시지 전달을 위해서는 특별하게 애쓰지 않는다. 감회를 술회하거나 스쳐 가는 순간의 느낌을 포착하는 데 주력한다. 독자와의 정서적 공감을 확대해 주는 창작방법의 하나다.

윤애자 수필에서 과거로의 여행은 양적인 면에서는 그리 큰 비중을 차지하지 않는다. 작품 대부분은 지금의 눈앞에 일어나는 일에 시선을 집중하는 것같이 보인다. 하지만 지금을 이야기하는 가운데 과거의 이야기를 수시로 끼워 넣는다. 이는 그의 많은 작품이 복합적 구성을 취하고 있다는 말과도 같다. 시간을 넘나들면서 여러 화제를 한판에 섞어 놓아 주제를 다각도에서 형상화하고 있다. 이는 작가가 삶과 그 의미를 시간의 연속상에서 인식한다는 점을 말해 준다. 지난 과거는 시간 속에 묻히며 사라지는 것 같지만, 현재 지금의 삶에 연결되어 있다고 보는 것이다.

> 살아가는 일도 마찬가지가 아닐까. 먼지를 일으키며 비포장도로를 달리기도 하고 가파른 언덕을 오르다 시동이 꺼지기도 한다. 성능 좋은 자동차를 타고 탄탄대로를 질주하는 꿈을 꾸기도 한다. 누구에게나 초심은 중요한 것이다. 그러므로 살아온 날을 되돌아보는 것은 더

욱 의미 있는 일이다.

「갱신」에서

오래된 어제의 운전면허증을 갱신하듯이 새로운 오늘은 어제를 고치고 다듬으면서 살아간다. 과거는 세월의 흐름과 변화 속에 뒤로 밀려났으나 오늘 삶의 길을 안내해 주는 이정표 역할을 한다. 그리고 과거에 연연해 오늘을 낭비할 필요도 없지만, 과거를 망각하고 오늘을 교만하게 살아서도 안 된다. 작가 윤애자에게 살아온 날을 되돌아보는 것은 단순히 아름다운 추억을 더듬는 낭만적 서정이 아니라, 어렵고 힘들었던 시절에 지녔던 순수하고 간절했던 초심이 중요하기 때문이라고 한다. 지난날의 고뇌와 수고가 있었기에 오늘의 영광과 행복이 가능하다면, 어찌 어제를 쉽게 잊을 수 있겠는가. 과거는 오늘을 비춰주는 등불이다.

4. 중층구조와 함축적인 끝처리

윤애자 수필은 단출하고 산뜻한 느낌을 준다. 주제, 구성, 문장 측면에서 군더더기가 말끔히 정리된 듯하다. 흙 마당을 빗자루로 깨끗하게 쓸고 난 후의 모습 같다. 이는 창작방법상 작가의 개인적인 성향이기도 하지만, 작품 창작에 작가의 수고가 많이 투여되었다는 뜻이기도 하다. 작은 부분까지 놓치지 않은 그의 꼼꼼한 퇴고는 작품을 한층 빛나게 한다. 그러나 그의 작품이 외견상 깔끔하지만 안을 들여다보면 절대로 단조롭지 않다. 여기서는 그의 작품이 가지는 구성이나 문체의 특징을 찾아본다.

수필 작품에서 화소를 구성하는 유형에는 세 가지가 있다. 작품 전체가 하나의 화소에 집중되는 유형이 있다. 한 개 화소를 깊이 분석하고 그 의미를 확대해가는 방법이다. 단선구성이라고 할 수 있다. 다음은 두 개의 화소를 중첩시키는 것이다. 두 개의 이야기를 어떤 접점을 연결고리로 삼아 결합하는 방법이다. 시차에 관계없이 화소의 동질성을 중심으로 연결하는 경우다. 중층구성이라고 할 수 있다. 마지막으로는 단락마다 각기 다른 화소를 병렬로 연결하는 방법이다. 다양한 화소가 하나의 주제로 모여 다성성을 띤다. 흔히 말하는 병렬구성이다. 단순히 어느 것이 더 좋은 방법이라고 말하기 어렵다. 화소의 성격이나 말하려는 주제에 따라 적합한 방법을 선택할 따름이다.

윤애자의 수필에는 두 개의 화소가 결합하는 중층구성이 두드러진다. 대부분 지금 이야기를 하다가 과거의 에피소드로 연결해 다시 지금으로 되돌아와 주제를 확정하면서 마무리하는 방법이다. 작품 「택배」를 보자. 서울에서 대학생활을 하는 아들이 당일 받을 수 있는 택배가 있다. 화자는 정성껏 장만한 반찬을 당일 택배로 대구에서 서울 아들에게 보낸다. 그러면서 지난날 잔뜩 짐을 든 채 두 번의 버스를 갈아타고 화자인 딸네 집에 오던 어머니를 떠올린다. 어머니의 마음은 "자식을 위해서라면 모든 걸 다 주고도 아쉬워 그리운 마음마저 꼭꼭 싸 보내는" 것이라고 한다. 이 어머니는 화자의 어머니이면서 화자 자신이기도 하다.

「딸을 키우듯」에서는 수필 쓰기를 딸 키우는 어머니의 마음과 연결한다. 「집으로 오는 길」에서는 음력 정월 보름 친구들과 인근에서 열린 달집태우기를 구경하고 귀가하는 이야기를 하면서 옛날 동네 노래자랑 대회에 아버지 몰래 참석했던 기억을 끌어온다. 「비 오는 날의 모놀로그」에서는 '비'를 이야기하면서 세 가지의 화소를 결합한다. 지금 화자에게 외출을 결심하도록 한 비, 아들을 보러 서울에 갔을 때마다 내리던 비, 어린 시절 상수도가 없던 때 양동이에 빗물을 받던 일이 삼중으로 겹친다. 이러한 글쓰기는 수필 창작에서 자주 확인하는 방법이지만, 윤애자의 글쓰기에서는 하나의 스타일로 자리 잡은 것 같다.

수필은 주제의 노출이 두드러지는 글쓰기다. 주제가 노출됨으로써 선명함을 얻을 수 있으나, 함축성이 부족하여 곱씹는 맛이 떨어진다. 이러한 딜레마를 극복하는 길이 화소를 중첩으로 구성하는 방법이다. 주제의 기조를 두텁게 할 뿐만 아니라, 두 화소가 비유적 관계로 연결되면 함축성이 훨씬 커진다. 윤애자 수필은 이 같은 방법을 아주 효율적으로 사용하고 있다.

윤애자가 만만찮은 능력을 보여주는 부분이 묘사의 정갈함이 아닌가 싶다. 수필은 주로 경험을 이야기한다. 이야기하는 일은 경험을 단순히 기록하는 것이 아니라 해석한다. 즉, 경험에 의미를 부여한다. 이러한 과정에서 작가의 서술이 매우 중요하다. 서술은 경험을 표현하여 의미화하는 방법이다. 그 방법의 하나가 묘사인데, 묘사는 주로 인물이나 공간에 관해 서술할 때 사용하므로 대체로 정적이다. 사건이 일어나는 배경이나 인물을 구체화하는 방법으로 사용되는 것이 묘사인데, 전통적으로 소설의 문장 서술에서 큰 비중을 차지한다. 수필의 문장은 묘사문보다는 설명문이 주축을 이룬다. 하지만 적절한 묘사의 채용은 수필의 건조한 주제 노출을 막아주고 작품의 의미를 풍성하게 하는 데 촉매 역할을 한다.

① 이따금 오가던 인적마저 뜸해지고 사방은 쥐 죽은 듯 고요하다. 시내버스 한 대가 느리게 올라와 정차한다. 타고 내리는 이 없는 문으로 하루가 닫힌다. 공연한 설움이 밀려온다. 대기실이 있는 건물로 향했다. 오랜 지기를 만나러 가듯 가슴이 콩닥거린다. 시간이 정지되기는 건물 안도 마찬가지다.

「외출」에서

② 지나가는 바람 소리에도 귀를 세우던 어머니가 기척이 없다. 텔레비전을 보다 잠이 드셨나 보다. 머리맡에 쌓인 약봉지와 파스, 몇 개의 연고와 리모컨이 어머니에겐 더 절실해 보인다. 어머니의 긴 하루가 크레인에 걸린 노을처럼 애잔하다.

「크레인에 걸린 노을」에서

① 30년 전 자주 오갔던 시외버스 정류장의 분위기를 묘사하고 있다. 번잡하던 그 공간이 이제는 인적 뜸한 한적한 곳으로 변하고 말았다. 마치 정열과 방황으로 배회했던 청춘의 시간이 지나가 버린 뒤에 밀려오는 무상감처럼 정류장의 썰렁함에 공연한 설움이 밀려들었다고 한다. 공간 분위기와 화자의 정서가 묘사적 언어를 통해 적절한 조화를 연출한다. 섬세하면서 상큼한 묘사가 심미성을 더해준다. 윤애자의 수필 문장은 묘사와 설명이 혼합된 중간 지대에서 그만의 독특한 스타일로 드러난다.

②에서는 어머니가 머무는 공간을 몇 문장으로 묘사한다. 이 몇 문장에는 지금 어머니가 처한 객관적인 여건에서부터 화자가 어머니를 바라보는 주관적인 심정에 이르기까지 많은 사연과 이야기가 함축되어 있다. 이는 묘사나 비유를 통해 의미를 함축적으로 표현하는 수필가 윤애자만의 묘법이다. 특히, 그의 수필의 특징은 마지막 한 문장의 압축적 표현이 지니는 완결성이다. 글의 마지막 문장

을 효과적으로 마감하기가 쉽지 않다. 그런데 윤애자는 이 점에서 남다른 능숙함과 세련됨을 보여준다.

* 어머니의 질기고 아늑한 냄새에 코끝이 찡하다.
* 그래도 오늘은 부자의 엉덩이를 툭툭 두드려 주고 싶은 날입니다.
* 아들은 지금 인생에서 가장 푸르고도 불안한 청춘의 문턱을 내려서고 있다.
* 초례청에 든 듯 어머님이 수줍게 웃고 계신다.
* 늦깎이 엄마의 가슴속으로 아이가 아장아장 걸어오고 있다.
* 다 어디로 갔을까. 사람도 세월도.
* 환하게 웃고 있는 돼지 머리에 준비해 간 봉투를 깊숙이 찔러 넣었다.
* 암갈색의 기름진 농토와 소잔등처럼 굽은 길이 끝없이 끊어졌다 이어지는 사월의 횡성.
* 석양에 물든 방앗간이 깊어가는 계절처럼 아름답다.

작품집 여기저기에서 뽑은 각 작품의 마지막 문장이다. 이 한 문장으로써 작가는 작품 전체를 완결한다. 함축적인 이 문장이 하는 역할은 각양각색이다. 끝까지 끌고 온 주제를 다시 확인하기도 하고, 화자의 심정을 간접적으로 암시하기도 하고, 독자에게 여운을 남기기도 하며, 마침표같이 작품을 끝내는 형식적 역할을 할 때도 있다. 어쨌든 이러한 작품의 끝처리 방식은 윤애자 수필 문체의 특징 중 하나로서 그만의 개성을 잘 드러내는 부분이다.

5. 윤리적 자아에서 사회적 자아로

첫 수필집 『집으로 오는 길』에서 윤애자는 수필적 대상을 따뜻한 시선으로 바라보고 해석한다. 그것은 안식처로서 가정을 상징하는 어머니의 시선이다. 수필집에 수록된 작품 대부분에서 화자는 어머니의 시선으로 가족을 편안하게 위무하고 포근하게 끌어안는다. 작가는 장성한 두 아들을 둔 장년의 어머니다. 그리고 남편 내조를 중히 여기는 아내다. '현모양처'의 미덕을 지닌 전형적인 여인이다. 한마디로 정리하면, 화자는 가정에서 '땅내'로 비유되는 어머니다. 어머니가 기다리는 곳이 집이고, 집은 가족의 품으로 돌아오는 안식의 공간이다.

> 돌아오기 위해 떠난다는 말처럼 어릴 때나 지금이나 내 삶은 집으로의 회귀였다. 아버지가 기다리던 집, 사랑하는 가족이 기다리는 집이다. 무사히 하루를 마치고 온 가족이 저녁 식탁에 마주앉은 소박한 그

림은 내가 꿈꾸고 바라던 '가정'의 모습이 아니던가. 무심결에 살아온 하루하루가 얼마나 소중한지를 깨달았다.

「집으로 오는 길」에서

이 작품에서 화자는 외출했다가 집으로 돌아가는 길에 생긴 이야기를 하는데도, '집으로 가는 길'이 아니고, '집으로 오는 길'이라고 했다. 왜냐하면 밖으로 나간 모든 가족이 밤이 되면 둥지를 찾는 새처럼 되돌아오기를 기다리는 '어머니'의 입장이기 때문이다.

이번 작품집에서 수필가 윤애자는 많은 이야기를 하고 있다. 그 중심에 가족 이야기가 놓이는 것이 사실이다. 그런데 기족 이야기는 쉽게 접근할 수 있는 수필의 재료이기도 하지만, 가장 이야기하기 어려운 화제일 수도 있다. 가족은 나와 가장 가까운 위치에 있으면서 때로는 나의 분신이 되기도 한다. '나'를 규정하는 핵심 요소로 작용한다는 점에서 가족은 또 다른 '나'다. '나'를 대표하기도 하고 나의 콘텍스트가 되기도 한다. 가족은 '나'가 아니면서 '나'이기도 하므로 가족 이야기를 할 때는 객관적인 거리를 유지하기가 어렵다. 오히려 '나'에 관해 이야기할 때보다 더 조심스러울 수 있다.

수필은 있는 사실과 진실을 솔직하게 말하는 글쓰기가 아니던가. 어느 가정이든 문제와 불행과 어둠을 안고 있다. 가족은 개인만큼이나 프라이버시라는 성채 안에 숨어있다. 자신의 가족 문제와 불행이 울타리 밖으로 노출되는 것을 누구나 꺼린다. 익명성이 유지되기를 원한다. 그러기에 수필에서 자기 가족의 그늘진 부분을 솔직하게 털어놓기란 여간 어렵지 않다. 머리로는 솔직하게 말해야 한다고 생각하지만, 써놓고 보면 사실에서 멀리 떠나와 있을 때가 다반사다. 그 거리만큼 자신의 가족 이야기를 숨겼거나 미화한 것이다. 그런데 이런 점에서 윤애자는 솔직하고 태연하다. 수필이 지향해야 할 바가 무엇인지를 알고 있다는 증거이다. 개인의 가정사 이야기가 큰 비중을 차지하지만, 작품집을 읽는 내내 이러한 이야기가 잔잔한 감동을 주었던 것은 작가의 솔직함과 진지함에 연유한다고 볼 수 있다.

첫 작품집 출간을 계기로 윤애자는 앞으로 훌륭한 수필가로 정진해 갈 것이다. 이번 작품집은 그가 역량 있는 수필가로 성장할 수 있는 잠재력을 충분히 보여주었다고 생각한다. 하지만 그가 우리 문단에 글 잘 쓰는 작가로 자리 잡으려면 넘어야 할 벽이 없지 않다. 우선 가족 이야기나 자신의 일상에만 머무는 수필적 자아를 확장하는 일이다. 지금까지 그의 수필적 자아가 확보한 공간은 협소하다. 작가의 관심이 인간 존재와 삶에 관한 보편적이고 철학적인 의미를 탐색하는 데까지 넓혀져야 한다는 말이다.

그리고 이번 작품집에서는 인간애를 바탕으로 하는 윤리적 자아의 비중이 크게 드러났는데, 이런 경향이 지속되어서는 곤란하다.

독자가 그의 '착한 표'를 진정성이나 심미성으로 이해하는 데에는 한계가 있다. 왜냐하면 그것은 수필가 대부분이 취하는 상투적이고 통속적인 모습이기 때문이다. 수필가는 윤리적 자아 안에 머물 때 편안하다. 편안하다는 말은 그 밖으로 나가는 것이 두렵다는 뜻이다. 밖의 세계는 작가의 깊은 사유와 지적 통찰력을 요구하므로 자아 밖으로 나가는 일은 분명히 수필가에게 큰 부담이 아닐 수 없다. 부담이 큰 과제이므로 시도해 볼 만한 가치가 있지 않겠는가. 윤애자 수필이 한층 성숙한 면모를 보여주려면, 개인적 공간과 윤리적 자아에서 벗어나 보편적인 공간과 사회적 자아를 확립해야 할 것이다. 정치한 문장과 참신한 수사만으로는 부족하지 않겠는가? 좋은 수필가가 되기 위해서는.